# 无名堂吟稿

III

张诗亚 著

广西师范大学出版社
GUANGXI NORMAL UNIVERSITY PRESS
· 桂林 ·

图书在版编目（CIP）数据

无名堂吟稿. Ⅲ / 张诗亚著. —桂林：广西师范大学出版社，2013.12
ISBN 978-7-5495-4740-1

Ⅰ. ①无… Ⅱ. ①张… Ⅲ. ①诗词－作品集－中国－当代 Ⅳ. ①I227

中国版本图书馆 CIP 数据核字（2013）第 295738 号

广西师范大学出版社出版发行
（广西桂林市中华路 22 号　邮政编码：541001
网址：http://www.bbtpress.com）
出版人：何林夏
全国新华书店经销
湛江南华印务有限公司印刷
（广东省湛江市霞山区绿塘路 61 号　邮政编码：524002）
开本：889 mm ×1 194 mm　1/32
印张：10.875　　字数：150 千字
2013 年 12 月第 1 版　　2013 年 12 月第 1 次印刷
定价：50.00 元

C O N T E N T S

# 目录

## 五绝

## 七绝

## 五律

## 七律

## 古风



## 词

## 元曲

## 长律



## 古体诗



## 跋

# 五绝

## 海问

长浪语沙滩，
滔滔亿万年。
几多沧海事？
极目白云边。

己丑孟秋于福州平潭。

## 海云

海走浪层推，
云行日隐窥。
长风追白浪，
天际卧云堆。

己丑孟秋于福州平潭。

## 海晤

己丑孟秋于福州平潭金海湾，时偕小琴沙滩踏浪，有感赋之。

风摆雪涛裙，
堆花日夜奔。
阴晴天有变，
拍岸总欣欣。

## 海钓

己丑孟秋于福州平潭苏澳海边，时与内子、迪儿及高山等垂钓。

钓海放丝长，
天青碧水茫。
云悠风暴后，
眼逐白鸥翔。

## 石牌洋

夕照石牌洋，
红云暮色黄。
粼粼金万顷，
石老对沧桑。

己丑孟秋于福州平潭石牌洋。

## 石帆

一线海天连，
天蓝映海蓝。
欲探蓝出处，
双石化双帆。

己丑孟秋于福州平潭石牌洋。

## 船老大

一线迎风眼，
铜红海日熏。
青筋推舵手，
招客古风淳。

己丑孟秋于福州平潭。

## 老号鱼丸

漆上古楼香，
鱼丸老号尝。
时光装点旧，
味美一勺汤。

己丑孟秋于福州三坊七巷。

## 豆沙关

青石马蹄坑，
飞流断壁争。
千峰关一锁，
放眼看山鹰。

己丑孟秋于盐津豆沙关。

## 中秋

明月没苍茫，
西风雨后凉。
乌云遮不住，
十五桂花香。

己丑十五夜与小琴并诸生聚说乎斋口占。

## 悼陈寅恪先生辞世四十周年

枯目无声泪，
长流死大哀。
秋云风寄远，
山月菊香来。

己丑仲秋于无名堂。

## 夜都匀

都匀剑江穿，
浮光入夜阑。
风情桥座座，
流碧落虹衔。

己丑仲秋于都匀。

## 诣影山草堂

残荷秋水冷，
老树桂花蔫。
青石苍苔暗，
秋深到影山。

己丑仲秋于独山。

## 深河颂

深河深几许？
战火止于斯。
万顷滔天浪，
波吞虎豹师。

己丑仲秋于独山。

## 瑶女织

机杼小窗前，
秋光几缕偏。
穿梭明灭幻，
瑶女织云衫。

己丑仲秋于荔波瑶山。

## 芙蓉

溪畔立芙蓉，
秋波九夏风。
影山千仞对，
一水翠流红。

己丑仲秋于荔波大七孔。

## 醉七孔

流连七孔谁？
一步一徘徊。
嫁与山中石，
青山绿水抬。

己丑仲秋于荔波大七孔。

## 水石林

碧水林中窜，
幽幽水更喧。
苍苔深浅印，
石径绕瑶山。

己丑仲秋于荔波。

## 七孔咏水

白石雪花流，
清溪翠老沟。
风来云影碎，
弄皱一湾绸。

己丑仲秋于荔波。

## 题夏同和状元第

龙出洞天虬，
水从高笕流。
狮山耕读种，
金殿拔头筹。

己丑仲秋于麻江。

## 题水书文化博物馆

神州一脉流，
华夏众源头。
秀水黔南润，
书香溢九秋。

己丑仲秋于都匀黔南民族师范学院。

## 竹筏

青竹半江心，
长篙点箭奔。
风清流彩送，
小筏立红裙。

己丑暮秋于桂林漓江磨盘山码头。

## 无题

暮色入朦胧，
苍茫向晚风。
一城金桂浸，
何必觅香踪。

己丑暮秋于桂林。

## 凌霄花

凌霄俏竹篱，
万片羽纱披。
翠拥红簪玉，
蜻蜓敛翅低。

己丑九月于毛洲岛。

## 米兰

如粟缀黄珠，
悠悠日暖舒。
清纯风不借，
来去淡虚无。

有感阳台米兰又香，赋此以记。

己丑暮秋于无名堂。

## 莫名花

野草粉珠娇，
长丝几粒挑。
无名风莫问，
时运自风骚。

己丑暮秋于无名堂。

## 蝉衣

蝉衣化和服，
雪月粉风花。
碎步摇婀娜，
清姿扶柳斜。

己丑孟冬于京都纺织博物馆。

## 鹧鸪碗

天龙古寺中，
北宋斗茶风。
建盏鹧鸪碗，
清茶映叶红。

己丑孟冬游京都天龙寺，见寺中饮茶仍用黑釉碗。此乃北宋风习也，真应“礼失求诸野”之言不谬。

## 沙漏

无语漏沙悠，
流光粒粒溜。
京都红叶火，
黄菊伴收秋。

己丑孟冬于大阪。

## 怀池田先生以赠吉村女士

己丑孟冬于京都答谢日方宴上口占。池田乃日本名师，吉村之父，山崎、田中等教授之师，为师时常典当己物接济学生。席间日本诸君忆之，均油然动情，故赋此以记。

把酒忆师尊，
融融一室春。
流光风去远，
天海立斯人。

## 枯山水

己丑孟冬于京都，门画为日本江户时代名画家狩野探幽之大作。

虎子渡无边，
枯山水映天。
一屏门画润，
三十六峰蟠。

## 谷口宴

己丑孟冬于京都岚山谷口料理馆。

岚山谷口舍，
新月老松边。
和乐穿林静，
柔声倩影弯。

## 云龙寺

枯墨灵山水，
苍苔印木屐。
西风清菊韵，
任尔寄相思。

己丑孟冬于京都云龙寺。

## 京都十月

日照彩斑斓，
金风火窜山。
京都红十月，
烈烈一城燃。

己丑孟冬于京都。

## 黄叶

黄叶碎西风，
纷扬下半空。
严霜何苦索，
来去本从容。

己丑十月十五于无名堂。

## 温汤茶花

池畔俏茶花，
娇然映水斜。
轻风摇白气，
玉女一肩纱。

己丑岁末于北温泉。

## 游桃花潭有感

登高垒玉澈，
极目望山奔。
太白何方去，
潭清我问君。

庚寅立夏后三日与教育学一级学科诸君游桃花潭，口占于桃花潭。

## 题宣纸

玉质山泉浸，
青檀绕草身。
无瑕书白璧，
天下墨之魂。

庚寅孟夏于泾县红星宣纸厂。

## 桃花潭咏

青山抱小村，
碧水故人心。
白鹭云天去，
潭深蕴古今。

庚寅孟夏于宣城。

## 巴山秋坐

雨后面秋山，
西风独坐岩。
松涛谿壑荡，
断壁溜云烟。

解家梁茶场侧有松壑绝壁也。雨大歇工，雨后山青。能偷闲坐于崖边，独自沉思。常能洗心，至今萦怀也。

## 己丑秋诣京都金阁寺有感

秋阳霜叶火，
金阁立苍天。
明镜波光映，
菩萨不匿奸。

日本投降后，大汉奸陈公博等一行在日本军部保护下，潜来日本，藏匿于金阁寺。事败后被遣押回国，公审枪毙。

庚寅仲夏于无名堂。

## 奇它旺森林酒店午餐有感

空谷鸟鸣恬，
江涛入席鲜。
凤凰花烈烈，
迎客白云天。

庚寅仲夏于奇它旺。

## 题钱南章歌剧画魂

丹青翰墨魂，
大雅庙堂音。
六艺灵犀地，
神通一点心。

公元二〇一〇年七月八日，钱南章歌剧画魂在台北“国家音乐厅”首演，迪儿专程观摩，深为感慨，故此以赋并赠钱南章先生。

庚寅仲夏于台北。

## 长春池

隔岸看飞瀑，
三泉叠半山。
涛声空谷远，
仰首落云天。

庚寅仲夏于长春池。

## 阿婆蛋

庚寅仲夏于日月潭边。

阿婆茶叶蛋，
文火久烹香。
香远三千里，
殷勤两岸尝。

## 猫鼻山

野猫何迷失，
猫鼻海风闻。
北望归家路，
轻声切叩门。

庚寅仲夏于高雄猫鼻山。

## 赠陆磊先生

夜语浪知音，
晨呼海日喷。
家居云水阔，
浩气养天心。

陆磊，马来西亚森美兰州波德伸中华中学校长，书法家。

庚寅孟秋于森美兰州陆磊观涛居。

## 赠许富电先生

老木秀清林，
芙蓉聚大珍。
琳琅今古萃，
光彩映祥云。

许富电，马来西亚收藏家。

庚寅孟秋于许富电家。

## 口占题谢忝宋为小琴所作烂漫画

石老生芳草，
花红透曙娇。
回眸风雨后，
清脆越山腰。

庚寅孟秋于谢忝宋画室草堂门。

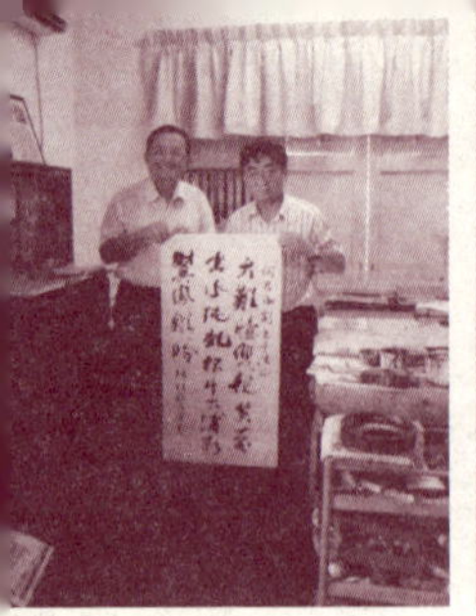

## 赠何永钊先生

大难忆双亲，
芙蓉出水纯。
虬枝生大浦，
南国凤雏吟。

何永钊，芙中校董。

庚寅孟秋于陆磊家观涛居。

## 酬卢运来先生晚宴

清茶一壶斟，
味老韵回醇。
饕餮持螯后，
三杯味更深。

卢运来，芙中校董。

庚寅孟秋于吉隆坡。

## 酬符永刚晚宴

清风玉竹韵，
葡萄琥珀魂。
倾杯相恨晚，
南国遇知音。

庚寅孟秋于吉隆坡小小饭店。

## 赠伯琴

百丈飞流下，
千雷一谷深。
彩风烟雨渡，
山水问知音。

庚寅孟秋于吉隆坡至广州 CZ366 航班。

# 观小琴即兴启智喀什阿拉力乡中学有感

饥餐饕餮吞，
青眼一汪纯。
稚气盈盈动，
清泉大漠春。

庚寅暮秋，余一行应达乡长之邀，访问阿拉力乡中学，其间小琴进课堂即兴为维吾尔族学生演示物理以了解新课程在边疆进展。余在外静观，见众生聚精会神状，遂赋此以记。

庚寅暮秋于阿拉力乡中学。

## 夜读徐邦达

八卦炉中炼，
熊熊烈焰焚。
洞明心眼过，
千古画知音。

庚寅腊月十二于无名堂。

## 赠桐源小友

弱冠举茅台，
春江依斗徊。
深翻三尺土，
一铧二牛抬。

桐源，学敏之子，是日赴学敏家宴，正逢其弱冠之生日，口其礼当诗以为贺也。

辛卯正月于依斗堂口占。

## 濯水

濯水古桥头，
阿蓬碧水流。
笑迎天下客，
语塞问来由。

辛卯二月于黔江濯水镇。

## 鸢尾花

幽幽万点蓝，
摇曳满青山。
潇洒清明雨，
随风湿我衫。

辛卯清明于无名堂。

## 春咏

飒飒东风来，
桃花鼓粉腮。
绒毛雏破壳，
莹润露沾苔。

## 题小琴所摄紫藤雨

辛卯清明于无名堂。

细雨透清明，
纷纷润紫藤。
浮烟弯袅袅，
曲蔓玉珠莹。

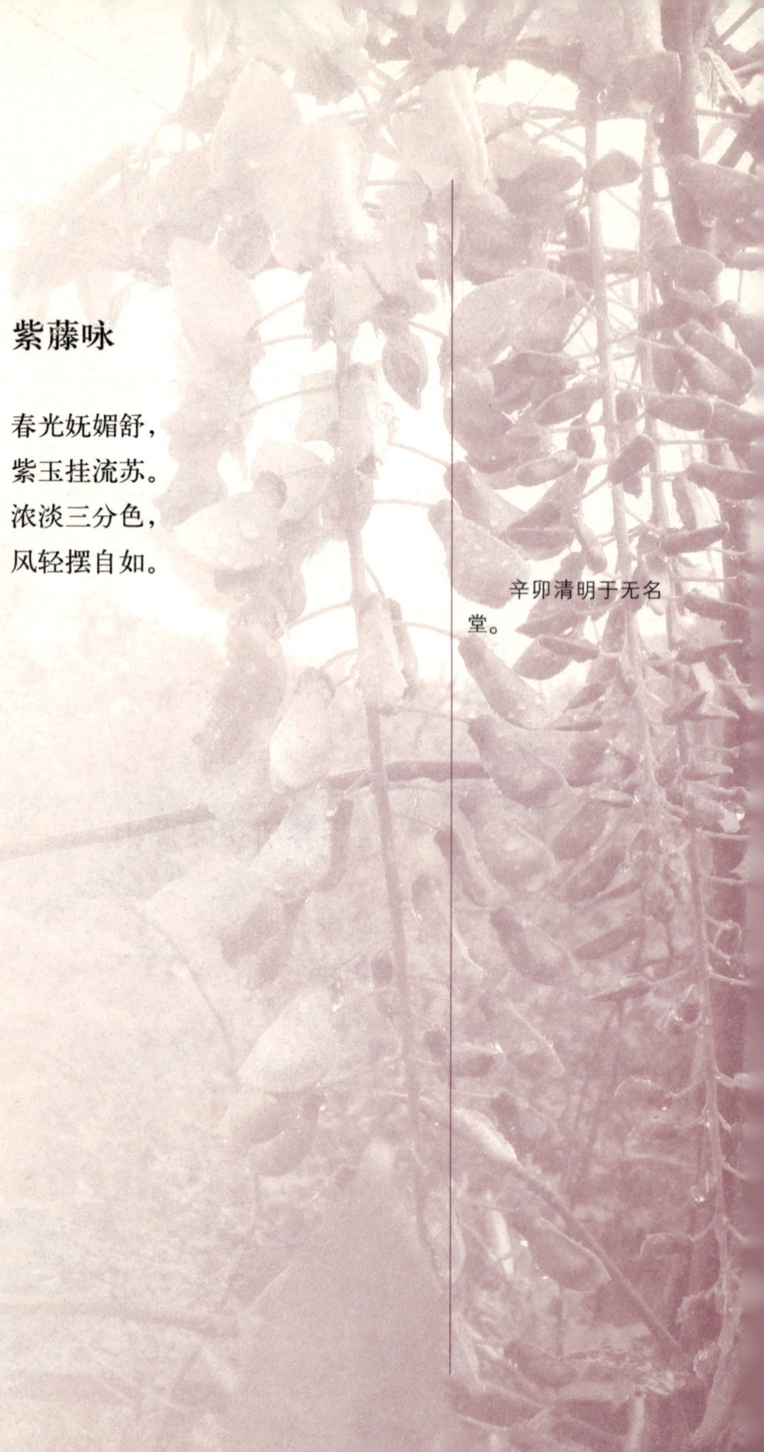

## 紫藤咏

春光妩媚舒，
紫玉挂流苏。
浓淡三分色，
风轻摆自如。

辛卯清明于无名堂。

## 大理石屏

石玉谁裁俏，
轻纱隐远山。
东风长浪涌，
云际海天宽。

辛卯清明于无名堂。

## 雨游悬空寺

细雨入空山，
清幽润我衫。
子规啼驻足，
飞瀑半云天。

辛卯三月于大理。

## 赠志魁

破雾出云龙，
苍山有几重。
翻腾追万里，
谷雨正春风。

辛卯三月于大理。

## 秃笔书有感

秃笔一何难，
灵犀出笋尖。
清清摇凤竹，
直上竹林闲。

辛卯三月大理学院教育科学学院以秃笔嘱我撰联口占。

## 题阿姎白

红石立苍茫，
丹霞熨紫阳。
灵龟天地负，
千古一阿姎。

辛卯孟夏于无名堂。

## 林地小花

日漏光斑彩，
林间粉朵开。
欣然摇翠翠，
倚草瞬间乖。

辛卯孟夏于无名堂。

## 大木魂

神树生当立，
船棺死可栖。
死生高处去，
大木上天梯。

辛卯仲夏于无名堂。

## 无题

嘉陵滚滚流，
今古几多愁？
拍岸青山问，
云轻出岫悠。

辛卯仲夏校授位典礼前一日于无名堂。

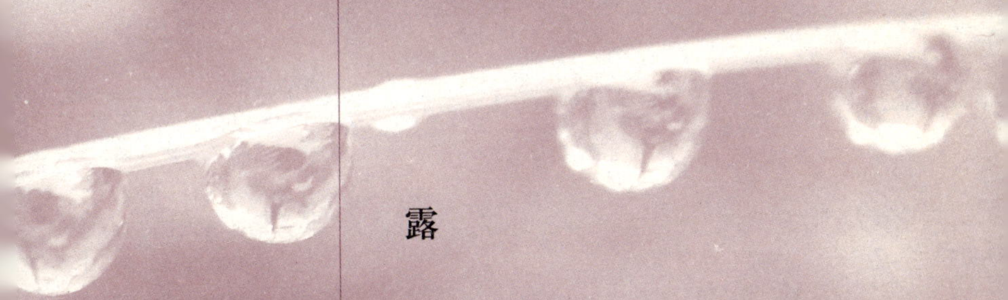

# 露

珠玉叶尖莹，
微微竹影清。
阳光君去也，
紫气伴飞升。

辛卯仲夏于无名堂。

## 咏海

带雨风来急，
涟漪水面皱。
幽幽观大海，
浪起一杯斟。

辛卯夏至于无名堂。

## 古琴颂

圣手抚焦尾，
琴台溧水滨。
清清流不断，
陋室绕梁音。

辛卯春余得一古琴，琴面一联“一榻清风书页舞，半窗明月墨花香”，钤两印，均为篆书“乾隆年制”；琴背一联“碧山人来超以象外，金樽酒满饮之太和”，钤篆书“起远父印”；琴内面板镌刻“元大德丁未吉日月，溧水王学鹏造”。琴内所镌藏而不露，乃造琴时所为。余无意得见，大喜，知其非清琴也。清人不知，新漆琴面，撰联钤印，琴乃元器，宝也，珍也。赋此以志。

辛卯夏至于无名堂。

## 贺小宇入厦门大学

小宇，恩伦、文娟之女，辛卯考入厦大，书此以记。

辛卯仲夏于无名堂。

天际浪横推，
云边日晕肥。
小荷欣露角，
雏凤九天飞。

## 桧木风

辛卯仲夏于无名堂。

神来桧老香，
入扇韵风扬。
阿里山中木，
悠悠九夏凉。

## 天禄正名

温酒谬麒麟，
醇风化酒神。
升平天禄载，
四海举金尊。

泸州市博物馆藏一尊，名曰“麒麟尊”，为泸州老窖之标志。余见其状以其为天禄尊，麒麟偶蹄，天禄则猫爪；麒麟无翅，天禄生翼。其异显然。且《汉书·食货志》有言，“酒者，天之美禄也”，麒麟与酒无涉，故为之正名，书此以记。

辛卯夏于泸州。

## 铜码头

唯见大江流，
难寻老码头。
滇铜流水逝，
天际立高楼。

辛卯仲夏于泸州。

## 七夕

长夜星星问，
何时渡有情。
白云河汉寄，
灵鹊一桥横。

辛卯七夕于无名堂。

## 葡萄韵

秋熟挂晶莹，
珠玑透水灵。
风来摇一架，
红紫玉冰清。

辛卯立秋于无名堂。

## 听雨

听雨窗前竹，
千竿玉笛清。
悠悠三伏爽，
一派韵天哼。

辛卯六月于无名堂。

## 晨鸣

鸟鸣天破晓，
挤挤一窗娇，
竹笛奏千枝，
声声竞比高。

小琴窗外傍凤竹一株构树，每日晨两只白头翁定时啼鸣，总扰伊清梦，不胜其烦，特赋此以记。

辛卯仲夏于无名堂。

## 黄姚途中所见有感

拔地立千峰，
雄姿演不穷。
惊呼无尽起，
横侧唤苏翁。

辛卯孟秋于黄姚途中。

## 悼韦芳寄黎岳庭先生

越海黑云低，
悼君丧发妻。
秋风金桂送，
明月伴魂栖。

辛卯八月十五于无名堂。

## 澄江江川

清波拍岸匀，
水景老榕分。
白雾山岚淡，
烟虚见小村。

辛卯仲秋于江川抚仙湖。

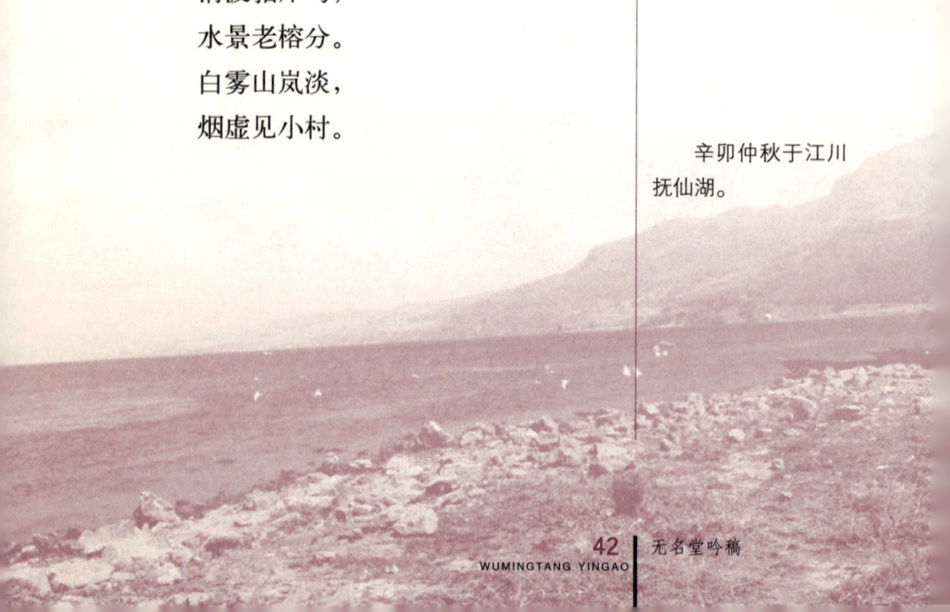

## 熬暑

酷暑天欲燃，
无风汗湿衫。
宽衣君子问，
独坐伴幽兰。

辛卯孟秋于无名堂。

## 重九

重九聚江舟，
滔滔一水流。
秋高黄菊放，
篱下自悠悠。

辛卯重九于江舟。

## 桂花咏二首

### 其一

十字碎花金，
中秋叶腋珍。
风来香十里，
月影伴佳人。

辛卯暮秋于无名堂。

### 其二

方瓶插桂枝，
绰绰小窗倚。
夜隐书斋静，
抬头月影移。

辛卯暮秋于无名堂。

## 竹雨

疏影摇明月，
风来玉竹清。
西窗谁剪烛，
夜雨两心听。

辛卯仲秋于无名堂。

## 金城岸

一水黄汤下，
河滨相挟抬。
西来东又去，
日月大河来。

辛卯九月十六于兰州。

## 小村晚

黄土小村头，
夕烟红柳游。
柴篱山影浸，
暮色落霞柔。

辛卯九月十六于达来呼布镇。

## 居延海

秋苇白鸥翔，
居延海泱泱。
惊鸿人字乱，
漠北朔风凉。

辛卯九月十七于额济纳居延海。

## 居延塞

千秋塞垒残，
烽燧土堆圆。
一地秋红柳，
孤云近汉关。

辛卯九月十七于额济纳居延海。

## 胡杨颂

胡杨独颂秋，
一火九阳收。
大漠悲凉去，
金风戈壁柔。

辛卯九月十七于额济纳二道桥。

## 沙漠夕照

沙丘曲线柔，
红日落霞搂。
骆队牵光影，
流风淡淡愁。

辛卯九月十七晚于巴丹吉林沙漠。

## 胡杨映

金风塞外天，
上下彩光斑。
天水胡杨皱，
醉君戈壁滩。

辛卯九月十七于额济纳二道桥。

## 菱

清水煮红菱，
香来一室盈。
纯纯鲜一口，
不尽九秋情。

辛卯九月廿四于无名堂。

# 赠土家织锦传人刘代娥

捞车水抱村，
巧手织天云。
古道行千里，
清风颂慧心。

辛卯立冬于湘西龙山捞车村。

## 赠铃木正崇教授

秋阅悦乎斋，
金风越海来。
登坛升座论，
口吐白莲开。

辛卯暮秋于说乎斋。

## 边城误

沈公被贩商，
从文徒叹枉。
招牌炫翠翠，
热卖尽荒唐。

辛卯立冬前一日于花垣。

## 老马

细浪引西风，
飕飕立马鬃。
影单投逝水，
暮色隐苍穹。

辛卯立冬于龙山里耶。

## 菊韵

西风清气逸，
秋菊一园芳。
凛凛寒枝瘦，
落晖犹带霜。

　　辛卯孟冬于武昌桂子山。

## 枣阳秋

秋色枣阳浓，
丘山半染红。
寒林风落木，
叶叶唤英雄。

　　辛卯孟冬于随枣途中。

## 武当晨

霜风豁口寒，
残月一牙弯，
曙色寒山透，
晨清太和山。

　　辛卯孟冬于武当山。

## 天柱二首

### 其一

云际九山龙，
山间水九重。
九龙山水聚，
天柱立云中。

辛卯孟冬于武当山。

### 其二

山走九龙奔，
水流九龙吞。
龙腾云水怒，
一柱九天金。

辛卯孟冬于武当山。

## 诣冯子材旧居

越海清江水，
盘根小叶榕。
石狮披甲胄，
一踞镇南雄。

辛卯孟冬于钦州。

## 贺谭莉新禧

凤翥土家山，
龙腾大海澜。
青云风万里，
应答越斑斓。

辛卯菊月十五于说乎斋。

## 龙藜新禧贺

龙女嫁龙年，
耕春雨润天。
芸芸欣大野，
金谷九秋镰。

辛卯菊月十五于说乎斋。

## 小秋百日贺

秋熟万山金，
三春乐苦辛。
清音听布谷，
声远百灵欣。

辛卯孟冬菊月十五于说乎斋。

## 辛卯冬至寄小琴

水雪霜天下，
潇潇落叶飞。
雨丝香织细，
冬至一枝梅。

辛卯冬至于无名堂。

## 题郭睿画兰二首

### 其一

水墨色天分，
清风一谷音。
神来君子气，
曲径入山深。

### 其二

墨韵笔风吟，
空灵雨点痕。
悠悠香自远，
任尔草茅深。

壬辰正月于无名堂。

## 墨兰韵

兰从画脱胎，
墨色上花腮。
初蕊春泥吐，
风柔几叶歪。

壬辰二月家养之墨兰六箭新绽，清香盈室，怡人心脾，即兴口占以赠小琴。时在西元 2012 年 3 月 8 日。

## 咏墨兰

曲线弄轻柔，
娇含玉蕴羞。
空灵浓淡问，
水墨自风流。

壬辰惊蛰于无名堂。

## 哀兰

片片兰飞白，
东风三月雪。
飘来草上柔，
夕照轻轻叠。

壬辰三月初一于说乎斋。

## 贵阳春

三月贵阳花，
嫣红姹紫霞。
春风春水动，
弄皱一天纱。

壬辰三月于贵阳南明河畔。

## 踏青有感

吞风菜子香，
吹雪落花扬。
三月青岩路，
春来何去忙。

壬辰三月口占于贵阳至开阳途中。

## 清溪

激石清泉问，
苍苔可有根。
幽幽青石蠕，
流水总难吞。

壬辰三月于开阳平寨绕寨溪畔。

# 金菜花

车过菜花田，
金风野火燔。
燎坡燎谷烈，
烨烨闹春山。

壬辰三月于开阳。

## 红豆二首

### 其一

欣欣几树青，
红豆本幽灵。
一播相思种，
此生难再宁。

壬辰三月于桂林雁山园。

### 其二

石缝扎根深，
摇枝问白云。
秋收红豆子，
何处寄知音。

壬辰三月于桂林雁山园。

## 绿萼颂

绿萼雁山园，
游香碧玉含。
熬冬春一吐，
清气入丹田。

壬辰三月于桂林雁山园。

## 壬辰春初闻子规有感

隐隐远山低，
隔水子规啼。
春心何所托，
月影动涟漪。

壬辰四月初六夜于龙湖。

## 龙湖观斗

春归斗柄移，
悄启夏枢机。
习习风来爽，
落槐飘上衣。

壬辰四月初六夜，余领诸生夜游龙湖，围湖畔，望斗话天人，晚风飒爽入围，悠然送诗也。

## 夜闻杜鹃有感

高枝未见身，
隔水隔山闻。
夜月晨风唤，
声声望帝心。

壬辰四月初六夜于龙湖。

## 木芙蓉

秋虫吐万言，
残叶卷霜寒。
瑟瑟西风立，
芙蓉俏锦绢。

壬辰四月初七于无名堂。

## 铜鼓王

荡桨载清江，
鸣蛙颂太阳。
摇风高羽冠，
铜鼓八乡王。

壬辰五月三日于南宁民族博物馆。

## 牧场

山半雾团蒸，
雨花芳草滢。
黑牛花马懒，
白水出山清。

壬辰仲夏于林芝。

## 欣见南迦巴瓦峰瞬息即逝有感

缘聚白云边，
雄姿一瞥帘。
红颜知命短，
日照化轻烟。

壬辰仲夏于林芝直白村。

## 佛掌丘

佛掌白沙丘，
云轻一水柔。
雅江千古浪，
拍岸雪涛流。

壬辰仲夏于林芝。

## 雪域菜花

雪域菜花迟，
佳期仲夏时。
金风天地色，
云际雪山依。

壬辰仲夏于林芝。

## 直白村景

雪水漱清泉，
寒烟化白澜。
牛羊青草地，
磨转经筒旋。

壬辰仲夏于大峡谷直白村。

## 经幡塔

佛幡经塔飘，
五彩五行交。
风送真言远，
太虚灾祸消。

壬辰仲夏于林芝鲁朗。

## 鲁朗杉

长臂大沟探，
风涛吼老山。
雄姿披铁甲，
凤冠渡云烟。

壬辰仲夏于林芝鲁朗。

## 巨柏颂

长谷过风龙，
云涛越太空。
白云千岁伴，
巨柏立天穹。

壬辰仲夏于林芝。

## 嘎定沟

飞瀑下高崖，
禅心雪浪花。
雷音空谷动，
流碧一虹斜。

壬辰仲夏于嘎定沟。

# 当雄赛马场三首

## 其一

雄风下雪山，
扬纛卷云天。
一夺冰峰冠，
斜晖信马还。

## 其二

从小马知音，
成年拜马神。
雄飞天际去，
人马一身心。

壬辰仲夏于当雄。

## 其三

天生牧马人，
自古好飞奔。
天上追鹰疾，
山间脱兔擒。

壬辰仲夏于当雄途中。

## 当雄少女

天火点纯情，
清灵一炬擎。
熊熊天下火，
大野雪山精。

1990 年 8 月 7 日，第 11 届亚运会圣火火种，由少女达娃央宗取自西藏当雄，其塑像至今立于念青唐古拉山下之当雄。壬辰仲夏余一行路经当雄，其像白色，与雪山相映，故赋此以记。

壬辰仲夏于当雄。

## 中流砥柱

湍流日夜奔，
空谷玉龙吟。
砥柱江心立，
山川定一尊。

雅鲁藏布江经工布江达处，江中有巨石，号中流砥柱，壬辰仲夏余一行经此，书此以志。

## 那根纳山口

山口衔天湖，
波光雪影浮。
白云三两淡，
天水卷风舒。

壬辰仲夏于那根纳山口。

## 呼伦贝尔颂

云淡一天宽，
呼伦贝尔蓝。
雄风长调远，
夕照牧羊还。

壬辰夏末，西元2012年7月30日，余偕小琴，应中央民族大学教育学院邀赴呼伦贝尔草原，是日晚，呼伦贝尔学院设宴，席间放歌长调，故口占此以酬。

## 母亲河

一水清波润，
千秋饮马津。
母亲河网断，
难隔一天云。

壬辰夏末于额尔古纳河。

## 敖包颂

白石垒敖包，
经幡猎猎飘。
无边风大漠，
款款问天骄。

壬辰夏末于巴彦胡硕。

## 牧场

流水界河弯，
茫茫湿地穿。
牛羊骆驼马，
千里草场宽。

壬辰夏末于满洲里。

## 观鄂温克歌剧《敖鲁古雅》有感

莽莽老林深，
清风号角亲。
柔声安问早，
出雾驯鹿人。

壬辰夏末于海拉尔。

## 赠梁汉权

家住北桥头，
门前清水流。
清波流不尽，
源自信天游。

梁汉权善泥版艺术，或刻，或镌印画书俱佳，蒙君送其版拓片，诗以馈之。

壬辰暮秋于花山。

## 紫霞洞

江绕大山流，
屏开绝壁头。
金风云蝠展，
一洞紫霞收。

壬辰暮秋于龙州紫霞洞。

## 龙州秋色

蕉林毗蔗田，
风过也香甜。
绿浪红黄映，
秋深五彩天。

壬辰暮秋于龙州。

## 诣巴塞尔教堂

云天哥特高，
世上众心操。
碌碌何方去，
人神水乳交。

壬辰九月九于巴塞尔教堂即兴。

# 诣巴塞尔红砂岩大教堂

长隧透晨曦，
天青唱玉鸡。
千年秋色又，
橄榄万千枝。

壬辰九月十日于巴塞尔即兴。

## 花钟咏二首

### 其一

流芳四季春，
万国共司晨。
唯美求精妙，
花钟瑞士魂。

### 其二

波光一水斟，
湖畔树桅林。
分秒鲜花共，
天工惜寸阴。

　　壬辰九月十二日于日内瓦。

## 天鹅咏

曲径动轻柔，
埋头理羽悠。
人来伸项媚，
乞食眼波流。

　　壬辰九月十二日于日内瓦。

## 坐米兰大教堂有感

拱顶殿堂隆，
人微石柱宏。
无风幽烛照，
浩渺接苍穹。

壬辰九月十三日
于米兰。

# 贡都拉

尖翘两头弯，
乌漆镫亮鲜。
长篙撑进退，
水巷一梭穿。

壬辰九月十四日于威尼斯。

## 水晶师

脑门红火跳，
巧手钳玻灵。
热塑轻柔化，
刹那马飞腾。

水晶玻璃，威尼斯名产也。吾等至数百年老作坊，睹老匠师现场热塑奔马。炉火熊熊，老匠师巧手运钳，霎时即成，故赋此以记也。

壬辰九月十四日于威尼斯。

## 威尼斯印象

瑟瑟西风叶，
凄凄冷雨鸡。
茫茫天海雨，
寂寂空船低。

壬辰九月十四日
于威尼斯。

# 葡萄园

葡萄阡陌连，
横竖直行牵。
黄叶秋风浪，
金杯举上天。

壬辰九月十六日于佛罗伦萨。

## 小酌圣十字教堂前有感

把酒教堂前，
华灯上夜阑。
但丁邀共饮，
步韵有新篇。

时与小琴，李鼎夫妇，饮葡萄美酒，佐意大利红肉，数米开外即立但丁大理石雕像也。不可不诗。

壬辰九月十六日于佛罗伦萨。

## 古城晨咏

破晓月清辉，
朝霞雨后归。
荒墟无斗兽，
拱洞看云飞。

壬辰九月十八日于罗马斗兽场。

## 题沾益蚕公王天昌

红土插桑条，
耕耘卅载劳。
天蚕丝万里，
织作彩云飘。

壬辰孟冬十月初三于曲靖。

## 赠赵光辉

爨宝越千年，
南中古道弯，
残碑风雨后，
无语诉云烟。

壬辰孟冬十月初三于曲靖。

## 大草包

水草曲波柔，
残冰蝌蚪游。
白花水清浅，
流韵草山头。

壬辰孟冬十月初四于会泽。

## 会泽草山

波涌草山黄，
山风野啸凉。
蓝天云淡远，
黑白散牛羊。

壬辰孟冬十月初四于会泽。

## 晨浴

玉洁白霜林，
晨曦出浴新。
轻摇千粒彩，
天水万千金。

壬辰冬至前两日于莫干山。

## 赠维利

海边君拾贝，
贝小海涛宽。
满载陶然去，
天风碧浪牵。

壬辰冬至前两日于莫干山。

## 赠周勇

浦江入大海，
雏凤试清声。
万里云天去，
一牙新月升。

壬辰冬至前两日于莫干山。

## 赠祖桓

愧对半仙名，
枉生狐狸形。
看君如貌取，
何不唤双平。

壬辰冬至前两日于莫干山。

## 赠长汀赖仰周先生

墙角老梅桩，
凌寒熬岁苍。
西风冬至烈，
化作一天霜。

壬辰冬至于福建汀州。

## 贺张朗朗新禧

春江春月朗，
把酒祝春光。
寄语春风问，
莺声白玉堂。

癸巳二月二十九口占于江舟。

## 题乌金

娇声讨食频，
圆眼透穿心。
善解通灵语，
依人小乌金。

壬辰端阳前小琴携鹩哥入室，月余即通人语，实爱煞人也。故为其为乌金名，诗以记之。

## 观大英博物馆亚述花岗石斗兽浮雕有感

神人翼展腾，
斗狠血风腥。
残柱英雄殿，
唯留看客惊。

癸巳三月十七于伦敦。

## 观大英博物馆希腊罗马馆人体模型有感

珠胎孕子宫，
教仆佐孩童。
希腊文风畅，
育儿师道宗。

癸巳三月十七于伦敦。

## 观大英博物馆大卫德基金会所藏中国瓷有感

### 其一

炭火玉冰烧，
团泥炼美娇。
勾魂瓷不语，
附体鬼神悄。

癸巳三月十七于伦敦。

## 鹤顶红

鹤顶一双红，
神雕鬼斧工。
漂洋中土物，
勋爵入囊中。

癸巳三月十八于伦敦。

## 圣甲虫

金龟旭日精，
生死渡幽冥。
法老重生梦，
天边破晓青。

癸巳三月十八于伦敦。

# 七绝

## 马限山古炮台

锁江坚垒炮高昂，
越海秋风马限岗。
外侮绝非关垒敌，
诸君来此阅沧桑。

己丑孟秋于福州马尾。

## 谒林公祠堂

福州榕老荫祠堂，
几度兴衰缕缕香。
死而不亡何处是？
苍生感念寿天长。

己丑孟秋于福州。

## 谒昭忠祠有感

秋水青莲映日香，
飞檐楼榭半池塘。
青山土厚埋忠烈，
铁石同心奠马江。

己丑孟秋于福州马尾。

## 题宋大明所摄昭通大山包

无心云冠戴鸡公，
有意人收入掌中。
君所好天生大美，
无生有一阵清风。

己丑初秋于昭通机场

## 黄连河

黄连九瀑云天落，
白练寒烟一谷梭。
跌宕惯看轻宠辱，
高低不改本清波。

己丑初秋于昭通大观黄连河。

## 生辰有感

去年今日病房囚，
虎困笼中翘首丘。
忍性沉心黄菊又，
举杯邀月上江舟。

己丑八月十七口占以酬王小佳并诸贤契为余贺生辰。

## 春日

春日林间妩媚流，
小花连片摆风柔。
晴空透彻欣欣动，
何处咕咕觅偶鸠。

己丑春日。

# 雨中游湖

## 其一

细雨轻烟隐隐纱，
山青石秀水圈花。
谁惊白鹭归巢静，
摇桨吆喝半篮虾。

## 其二

淡抹青云浓隐山，
湖光分墨水溜烟。
荷摇鹭影风斜燕，
红伞撑来一水鲜。

己丑春日于大足龙水湖。

# 樟江

青青竹外水蓝蓝，
光影飘摇乱翠斑。
雾淡群山峰帽隐，
樟江几曲到瑶山。

己丑仲秋于荔波。

## 秋日游茂兰有感

石即山来山即石，
山生石长共欣欣。
欲知山石何葱郁，
木咬根抓石缝深。

己丑仲秋于荔波。

## 机窗暮色

一线天边黑咬红，
高低绰约浸朦胧。
神奇莫过阴阳渡，
醉醒黄昏意会中。

己丑九月初六于CZ3479渝邕航班。

## 题都匀文峰塔

剑河回首抱文峰，
大笔文章镇孽龙。
谁见尊为龙一脉，
能通情理不兴风。

己丑仲秋于都匀。

## 秋别

黄槐树下悦秋虫，
急促长吟韵不同。
白露西风蛩唱送，
天时识得自融融。

己丑九月初六于邕桂高速路侧。

## 观蔡京题元祐党籍碑有感二首

### 其一

元祐党人何罪有？
蔡京题壁网罗搜。
劝君休醉书家美，
墨浸狼毫冷箭嗖。

### 其二

蔡京碑侧石镌稠，
评说忠奸恨未休。
翰墨丹青君不见，
行间字里贯春秋。

己丑九月十六于桂海碑林。

## 己丑孟冬抵大阪，蒙山崎先生迓于关西机场有感

雾气团团大阪阴，
薄纱飘拂裹伊人。
关西一出机场口，
几树嫣然映火云。

## 嵯峨故里

嵯峨故里岚山下，
一水清流大堰川。
秋叶春花川上映，
流来逝去总青天。

己丑孟冬于京都。

## 大阪暮

一地昏鸦叫北风，
隔岸朦胧大阪宫。
轻划寒波三五鹜，
几行霜叶晚来红。

己丑孟冬于大阪。

## 诣诗碑

红叶岚山又一秋，
诗人已去石碑留。
浓霜写就山枫色，
雾里飞来几片悠。

己丑孟冬于京都岚山周恩来诗碑前。

## 源光寺

源光庵里看红枫，
圆洞方窗万象融。
枫入棂扉随景幻，
君知本色诣鹫峰。

己丑孟冬于京都。

## 虎子渡

夹道红枫曲径穿，
钟楼古刹白墙弯。
青松黑石苍苔润，
客到枯山水景前。

己丑孟冬于京都南禅寺。

## 南禅寺

琵琶湖水润南禅，
松老枫红塔半山。
饮虎归山天性变，
山君当悟戒凶残。

己丑孟冬于京都南禅寺。

## 酬山崎君晚宴

曼妙琴风入席来，
轻歌劝酒且开怀。
红枫一束三杯火，
清酒岚山谷口筛。

己丑孟冬于岚山谷口。

## 银杏

风来煽火漫霜天，
风去悠悠化蝶翩。
玉翠金辉来去美，
疏枝横逸立风寒。

己丑孟冬于京都。

## 无题

京都大阪挤来回，
闹市高楼斗室龟。
电气声光何所累，
红枫古寺可依皈？

己丑孟冬于大阪 Hotel Cranvia Osaka。

## 己丑贺小琴生辰

冬至西风一剪梅，
桩头岁岁见春归。
此生长伴清香醉，
梦里魂牵笑几回。

己丑冬至于无名堂。

## 五一夜闻子规回有感

夜静声声述久违，
时临立夏杜鹃回。
倾心尽吐知深浅，
明月窗前一片辉。

庚寅西元五一夜。

## 江舟口占一诗赠章诒和女史

往事非如过眼烟，
君来此地有春天。
千杯难尽知音盼，
一水嘉陵映黛山。

## 江舟口占赠凤凰台杨锦麟

放胆江舟饮锦麟，
恰逢三月闹阳春。
冲霄大凤垂天翼，
妙语连珠我读君。

庚寅三月于江舟。

## 游桃花潭二首

### 其一

岸走群山回首探，
依依不舍桃花潭。
踏歌回荡东风颂，
把酒犹催太白还。

### 其二

青弋江头啼子规，
声声化作踏歌飞。
望仙亭上云烟树，
不渡诗人饮月辉。

庚寅孟夏口占于安徽宣城桃花潭。

## 庚寅再到随园有感

江南柳浪又闻莺，
风到随园韵自哼。
婉转清音山树透，
原来诗话是春声。

## 秦淮夜

轻歌曼舞醉秦淮，
重梦六朝金粉台。
十里香风吴语软，
既无佳丽也无才。

庚寅孟夏于南京。

## 桃花潭边赠丁君

寒窗对酌丽娃东，
盛会申城且主盟。
笑踏桃花潭岸路，
莫非汪李又重逢。

庚寅仲夏于桃花潭。

## 阳台凌霄花初绽有感

凌霄初绽一簪红，
颤颤轻摇仲夏风。
披羽牵须盘曲上，
娇娇斜插为谁容？

庚寅仲夏于无名堂。

## 珠峰颂

皑皑玉立白云端，
日月为邻惯酷寒。
天变无穷风雪度，
从来无意小群山。

庚寅仲夏于拉萨至加德满都 CA408 航班。

## 蓝毗尼花园谒佛祖诞生地有感

初婴之足踏红尘，
举世潜心听足音。
莲步东南西北迈，
凡胎从此化金身。

庚寅仲夏于蓝毗尼。

# 车过花莲听小芳放歌有感

万点金光俏碧波，
天边一抹白云拖。
越洋风润青山醉，
一嗓金声一海播。

庚寅仲夏于花莲至台北途中。

## 望绿岛有感

天际堆云走白烟，
遥看绿岛海孤悬。
长空碧洗风无语，
几树凤凰花火燃。

庚寅仲夏于台东。

## 中横路赞

中央山脉隔西东，
开凿中横数载通。
立雾溪深云岭断，
车行险处赞奇功。

庚寅仲夏于太鲁阁中横道步行中。

庚寅仲夏于日月潭边。

## 日月潭

雾里青龙摆尾来，
群山涌动四围排。
晶莹一捧风轻熨，
璧映苍天日月怀。

## 屏风山

壁立屏风不见天，
水穷云起化寒烟。
惊涛一谷奔雷下，
燕子翩翩掠影还。

庚寅仲夏于太鲁阁中。

## 玄光寺

万里关山万险排，
虔心天竺拜莲台。
千年跨海玄光映，
日月潭边佛偈猜。

玄光寺以“玄奘之灵光”命名，今游人如织。

庚寅仲夏于日月潭玄光寺中。

## 温汤颂

富野温汤涤浣尘，
柔光斜照有诗吟。
蓝天碧海青山翠，
秀色清波出玉人。

庚寅仲夏于台东。

## 忆甲申孟秋携迪儿游腾冲北海湿地

细雨秋风北海滩，
湖光草苇嵌云烟。
长篙轻点涟漪乱，
斜刺惊飞白鹳单。

庚寅二伏于无名堂。

## 赠吕天来先生

地走秧鸡飞喜鹊，
从来坎坷世间多。
清风十里荷塘颂，
乘物游心自在播。

吕天来，马来西亚实业家，艺术品收藏家，残足志坚。

庚寅孟秋于谢添宋画室草堂门。

## 口占赠芙蓉中华中学蔡亲炀校长

其时谢忝宋正为芙中作画，挥毫中转头请余为之题诗，遂口占补入画中。

庚寅孟秋于谢忝宋草堂门画室。

大木高枝百鸟歌，
蓝天红日彩云拖。
融融一片春风润，
翼展鹏程舞婆娑。

## 赏符永刚园中所养盆景有感

庚寅孟秋于马来西亚吉隆坡。

老根虬干一盆森，
郁郁葱葱莽莽林。
颐养天心方寸寄，
灵犀透纸笔生春。

## 贺秦效侃、符易本、李勇书画精品展揭幕

桂子金风富一秋，
长江浪走健风头。
丹青不是池中物，
大野山风竞自由。

庚寅八月二十日口占。

## 庚寅仲秋赠正伦贤契

一出通川路万千，
嘉陵江畔且居欢。
窗含青瓦云山傲，
日夜相看可愧天。

庚寅暮秋于枕流堂。

## 题唐三彩黑釉立马

踏雪轻蹄立晚秋，
雕鞍只待跨雄纠。
追风未必高昂首，
喷鼻低眉万里筹。

# 入疆有感

轻歌曼舞金风颂，
美酒葡萄更劝君。
莫道雄关怨杨柳，
天山南北又回春。

庚寅暮秋于新疆师大。

## 吊红山佛塔

一醉红山少穆悲，
西风烈烈望春归。
英雄末路非伊利，
佛塔山头大雁飞。

庚寅暮秋于乌鲁木齐。

## 坎儿井

晶莹雪水下天山，
戈壁潜流织万千。
竖井明渠荒漠润，
葡萄从此火盆甜。

庚寅暮秋于吐鲁番。

## 戈壁秋色

香稻金黄透白杨，
黄沙红柳挂秋阳。
金风送我横戈壁，
馕坑炭火烤羔羊。

庚寅暮秋于阿克苏。

## 喀什老城颂

庚寅暮秋于喀什师院。

吐曼河红喀什穿，
高台老屋展河湾。
残垣几段兴衰阅，
黄叶西风透夕烟。

## 题阿巴斯霍加麻扎清真寺墙面青花

苏马尼青满壁辉，
缠枝宝相竞纷飞。
煌煌穹顶橙黄绿，
翠晕浓妆映日晖。

庚寅暮秋于喀什阿巴斯霍加清真寺。

## 酬秦公少康先生

仓皇避乱孑然身，
五十年光岁月沉。
冰雪昆仑偏养玉，
融融绕膝乐秦门。

庚寅暮秋于乌鲁木齐新疆师大。

## 残菊吟

横遭碾压菊花残，
花瓣飘零不忍看。
散落红黄珠泪润，
西风拂过带香还。

庚寅孟冬十月十五，家中精心呵护之多年生红菊又绽，一盆珠玉惹人爱怜。小琴欲剪枝插瓶，左挑右选，不忍下刀。良久方择定，谁料刚折下之清香鲜活之花，竟被无意之过压残，鲜花蹂躏，其状催人，故赋此以记。

## 题玉兰泉

东风一树万千花，
光雾轻浮袅袅纱。
玉影悠悠随气紫，
风姿出水乱流霞。

早春二月玉兰花茂，与小琴、恩伦、文娟、黄玲等沐于北温泉而作。

## 癸巳登泰山有感

龙行万里御青云，
鹤立苍松泰岳尊。
东海一轮红日吐，
秋风飒爽万山金。

癸巳孟秋与小琴、迪儿等游泰山口占。

## 秋日偶兴

借来秋日万千金，
不是东风也是春。
渡过乌鞘风雨岭，
悠悠出岫坐松云。

庚寅秋于无名堂。

## 神柱阵

谁揉巨石如泥软，
横竖参差任意抟。
断壁高岩糕切块，
黑鱼河水立栏杆。

辛卯三月于腾冲。

# 辛卯孟夏诣姚安石羊有感三首

## 其一

龙女石羊千古谈，
天生白井赐天盐。
神泉润泽滇中富，
朗朗书声荡老山。

## 其二

盐泉黑白牛羊舔，
神话天来岂偶然。
马队铃声千古播，
黔湘桂缅一扬鞭。

## 其三

铜人盐铸坐青山，
配享朱熹仓圣参。
皇祚千年钦逐孟，
书中之史证姚安。

辛卯孟夏于楚雄。

## 姚安唐塔

山头白塔白云闲，
出水皎皎白玉莲。
高立罄锤天可问，
百川容纳大唐宽。

辛卯孟夏于楚雄。

## 送小佳赴澳有感

苍苍伟岸缙云山，
浩瀚青天大木参。
一嗓高歌流水去，
松涛碧浪越雄关。

辛卯仲秋于无名堂。

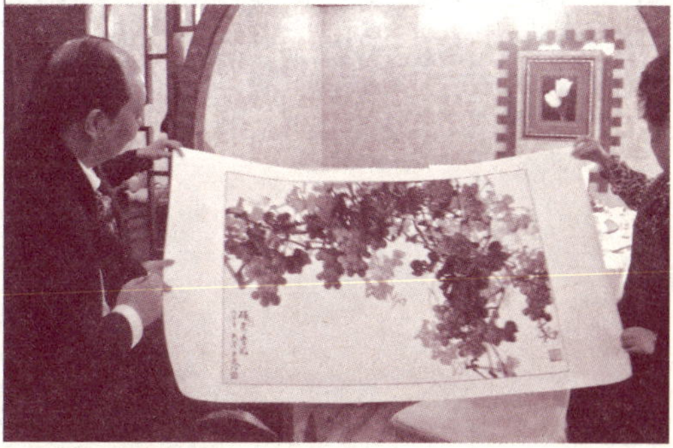

## 江舟送小佳登程

江舟浮白酒中仙，
太白从来不媚权。
月影松风听子落，
东山大捷正收官。

辛卯孟夏于无名堂。

## 为诗琳通公主来我校作

三月春风柳浪莺，
湄南水碧汇嘉陵。
雍容一派来公主，
从此西南大学行。

辛卯孟春，我校聘诗琳通公主为名誉教授。授位前夜校方为所赠礼物愁，余夤夜寻一旧藏寿山绿芙蓉石，校方又请张君亦农教授治印，翌日以赠公主也，特此以记。

## 夜读于右任老草书有感

目光如炬火龙游，
长髯飘飘白雪柔。
一袭青衫风骨透，
心随明月出云悠。

辛卯五月初八夜于无名堂。

## 黄桷兰

黄桷兰香入梦深，
幽幽谁是摘花人？
红裙影动园中露，
凤竹枝枝玉笛纯。

辛卯仲夏赠小琴。

## 为小琴辛卯五月十六晨冒暴雨送迪儿返美而作

听雨听风夜不宁，
留洋岂可半垂成。
娇娇负笈关山度，
雷电交加送儿行。

辛卯仲夏于无名堂。

## 咏荷

大叶浓堆小叶尖，
风来挤挤一塘掀。
娇娇一朵清纯秀，
白玉芙蓉翘楚弯。

辛卯仲夏于渝北酒厂荷塘边。

## 悼黄万里先生

九曲黄河下碧空，
奔雷一路唤斯翁。
群山激荡冤何去，
浊浪滔滔尽苦衷。

辛卯仲夏于无名堂。

## 泸州老街

人声鼎沸码头喧，
酒幌旗飘映老拳。
老窖流香江水去，
再无铜钿酒家盘。

辛卯仲夏于泸州。

## 酒城

面水临街酒坊藏，
曲糟弥漫一城香。
天丰地绕泸州富，
万里流芳醉八方。

辛卯仲夏于泸州。

## 龙泉井

龙泉老井凤凰魂，
老窖池中化至醇。
一水滔滔香远送，
普天之下饮清纯。

辛卯仲夏于泸州老窖酒厂。

## 观流民图有感

千里流民千里泪，
悲风号泣怆苍冥。
踉跄步步股股浸，
老幼相扶地府行。

辛卯仲夏于泸州。

## 黄姚镇景

门楼木石锁重重，
八卦迷宫狭巷空。
古镇劫余兵匪后，
山环水抱化顽凶。

辛卯孟秋于黄姚。

## 石墩

青礅一串小溪横，
晨跨朝阳暮挂星。
喷鼻牛儿淹水半，
光溜出水牧童精。

辛卯孟秋。

## 老榕

老榕交错织龙门，
斜逸虬枝走气根。
一站千年风雨渡，
几多兴废问山村。

辛卯孟秋。

## 郭家祠堂

汾阳一脉到黄姚，
文武青山智勇挑。
朱匾祠堂香火旺，
清溪九曲过平遥。

辛卯孟秋于广西黄姚。

## 老油榨

斑斑大木油房榨，
千载香油已断流。
捶锲吱吱声不再，
黄姚何日见流油。

辛卯孟秋于黄姚。

## 靖江王府

端端石径定乾坤，
独秀山前气象森。
泪尽石涛山水雾，
生苔老桂数年轮。

辛卯孟秋于桂林。

## 抚仙湖

不尽丝丝点点圈，
茫茫一水抚仙烟。
青鱼出水铜锅煮，
美味牛肝佐酒鲜。

辛卯仲秋于江川抚仙湖。

## 纳家营

秋风秋雨纳家营，
通海烟尘演纵横。
黑铁寒光今古折，
喧嚣不见瞻思丁。

辛卯秋分于通海纳家营。

## 忆醉兰州

狂饮当年夜酩酊，
黄河浪走劝君情。
流光倏忽三年去，
犹忆滔滔拍岸声。

辛卯秋分后二日于无名堂。

## 辛亥百年有感

百年辛亥帝王除，
老木煤山夜宿乌。
绕树昏鸦魂不去，
金銮殿上好山呼。

辛卯九月十四于无名堂。

## 河西秋雨

河西秋雨下凄惶，
大漠西风透骨凉。
风雨潇潇黄菊瘦，
清姿横逸又重阳。

辛卯九月十六于兰州。

## 大漠幻影

海市氤氲大漠熏，
幻生幽灭地天昏。
玄黄交泰天涯近，
戈壁蛮荒也抹金。

辛卯九月十六于酒泉至额济纳途中。

## 瑟之韵

楚瑟清音廿五弦，
瑶琴一脉拨云天，
松风万壑纤纤弄，
丝织春秋乐统传。

辛卯霜降后一日于无名堂。

## 胡杨赞

塞外风光美一秋，
胡杨九月最风流。
秋风拂过金黄荡，
流金大漠赞神州。

辛卯九月十七于额济纳二道桥。

## 夜过武威

夜色茫茫过武威，
三年一觉梦中回。
雷台天马神风燕，
一路烟尘见紫薇。

辛卯暮秋于无名堂。

## 边城有感

洪安摆渡过花垣，
一水清江两省连。
自古湘西非异域，
边城边界不相干。

辛卯立冬于里耶。

## 拉拉渡

铁索长牵渡两村，
拉拉渡口出朝门。
苍苔麻柳桩头系，
悠悠流水土家人。

辛卯立冬于湘西龙山捞车村。

## 爬山虎

高崖百丈枕轻云，
松壑千回一谷音。
半壁爬山霜叶彩，
藤皴石染更勾魂。

辛卯立冬于龙山百子坳。

## 秋山月

一轮明月上高崖，
流照乌江化雪花。
更有飞流千丈下，
牵来天际一溜霞。

辛卯立冬后一日于武隆。

## 忆青城山回音壁

烟锁长沟雾破红，
光勾影叠立云峰。
回音壁对双双唤，
互答群山万壑中。

辛卯孟冬于云南文山。

## 峨眉山月忆

偷来蜜月度青山，
步量云深石径弯。
笑语添柴金顶火，
峨眉山月共长天。

辛卯孟冬于云南文山。

## 云梦吊

浩渺烟波何处寻？
空余云梦又钩沉。
断肠秋雁芳洲失，
满目霜天败叶纷。

辛卯孟冬于武昌至武当山途中。

## 太子坡

复真桥拱半山坡，
太子攻书不厌多。
悟道绝非拳脚厉，
从来最难祛心魔。

辛卯孟冬于武当山。

## 紫霄宫

紫霄青石驾云龙，
雾霭烟岚竞险峰。
挟得三清祥瑞气，
寒林暮色立苍松。

辛卯孟冬于武当山。

## 紫霄晚醮

法音流韵紫霄鸣，
回响空山大野声。
经咒飞灰浮暮色，
道裙飘影玉阶清。

辛卯孟冬于紫霄宫前。

## 御碑亭

青石神龟负大碑，
隆恩浩浩驮山归。
祥云九派风生翼，
落定南岩伴斗魁。

辛卯孟冬于武当山。

## 南岩宫

峭壁奇峰万仞空，
青龙昂首向苍穹。
千山一领雄风御，
妙化南岩七彩宫。

辛卯孟冬于武当山南岩宫。

## 武当石

祥云翼展石头飞，
万吨千钧入紫薇。
道悟玄机无有化，
凡尘仙界一心扉。

辛卯孟冬于武当山。

## 铁栎

铁栎横空老干遒，
仙山势接白云悠。
远衔鹰岭依金殿，
石径弯来几曲幽。

辛卯孟冬于武当山金顶。

## 武当山有感

煌煌御观武当山，
刻石书铭大统传。
证道乾纲元气始，
万山朝拜九龙蟠。

辛卯孟冬于武当山。

## 过平溪忆安莉姐

踏石摇摇似跳鸡，
后河清浅过平溪。
滔滔不尽万山去，
只见春风不见伊。

辛卯孟冬余乘 K507 次列车经万源过平溪而作。

## 黄菊颂

抖擞精神放九秋，
清枝飞瀑自风流。
寒霜更著黄金色，
其乐悠悠醉眼勾。

辛卯孟冬于说乎斋。

## 采石矶吊

醉捉江中孤月轮，
秋山秋水化诗魂。
秋波渺渺云天去，
尽是滔滔太白吟。

辛卯腊月初十于无名堂。

## 随园

随园犹见大观园，
燕语莺声唱和欢。
老木新枝春又嫩，
性灵诗话化夕烟。

随园，前属随姓，随姓之前，即为曹家旧址，大观楼之原型也。袁枚在此撰其诗话，并授徒，课女弟子。一时唱和，酬答，名满南北。今为南京师范大学校园。原址犹存，然诗风散焉，聊赋此以吊也。

壬辰三月于无名堂。

## 古银杏

### 其一

天生大木别雄雌，
苦盼春风会有时。
三月花开风信送，
素心银杏果相思。

### 其二

公孙古树展虬枝，
水岸山头各自栖。
风语云心天可寄，
悠悠遥渡也牵丝。

开阳平寨有古木银杏，乃唐贞观年所植，壬辰三月余与小琴前往诣之。大木近四十米，周长十余米，正勃发新芽，绽穗花，郁郁雄木也。其院后半山，据此数十丈外，有雌树遥对，与之传粉，故初孕新果累累。春风摇曳，似互致问候也，诗以记之。

## 神樟忆

离别神樟近一旬，
坐拥天地惯浮沉。
摇枝弄影高风唤，
郁郁生机谁共春？

壬辰暮春于无名堂。

## 樟问

傲岸茫茫寂寞吞，
风来雨去少知音。
谁捎几片流云至，
寄向无边夜啸吟。

壬辰暮春于无名堂。

## 南伊沟

一谷南伊泻碧流，
松萝网挂老林幽。
声声布谷空山应，
曲径苍苔石板柔。

壬辰仲夏于林芝。

## 松萝

如纱似雾挂松萝，
玉洁丝丝袅娜多。
露结珠玑飘璀璨，
千姿百媚漫婆娑。

壬辰仲夏于林芝。

## 南迦巴瓦峰

云窥破处见真容，
日照莲苞白玉峰。
雾透金辉筛一柱，
悠悠白气又朦胧。

壬辰仲夏，西元2012年6月13日，携小琴、罗江华、蒋立松游雅鲁藏布江大峡谷，登色季拉山口，欲观南迦巴瓦峰，然只见茫茫云雾，无奈憾憾而去。谁料至直白村时，云雾中遽然露出南迦巴瓦峰尊容，欣慰至极，瞬间云烟至，茫茫又掩。幸甚至哉。赋此以记。

## 古桑颂

一树新枝郁古桑，
蓝天白雪菜花黄。
飞来巨石长相伴，
风语悄悄诉岁茫。

峡中古桑已逾1500年，其势郁然，望之肃然，书此以志。

壬辰仲夏于大峡谷。

## 石生桃

飞岩天降孕幽幽，
石缝桃生百爪虬。
生气从来顽石化，
红桃黑石济刚柔。

峡中有巨石天降，其石缝间，一大桃树郁郁苍苍，堪为奇观，书此以志。

壬辰仲夏于大峡谷。

## 赠张颖二首

### 其一

一袭红衣瘦影单，
轻车出没白云间。
相逢挥手盈盈笑，
明日当翻米拉山。

### 其二

脚踏飞轮越万山，
斯文切莫外初观。
风沙雨雪三千路，
渡尽千辛大美餐。

余一行于色季拉山口下三百米处遇张颖等数骑车人，彼等自成都沿川藏线骑行数千公里，正在山口下小憩，以翻山口。张颖，五十开外，身形娇小，然眼露坚毅。途中又数次路遇，故于车中口占以记。

壬辰仲夏于林芝至工布江达途中。

## 工布古堡

古堡残垣石岸颓，
墙头艾草峡风摧。
涛声不尽空山远，
昔日荣光唤不回。

壬辰仲夏于大峡谷。

## 山口风二首

### 其一

米拉山口大风掀，
狂舞经幡五色天。
风立须臾身瑟瑟，
仓皇来去客雕颜。

壬辰仲夏于米拉山口。

### 其二

山口风狂立足艰，
交加雨雪剥衣单。
皑皑剩雪尖峰压，
猎猎风喧透骨寒。

壬辰仲夏于米拉山口。

## 河谷桃

尼洋河谷万千桃，
一放千年岁岁娇。
云影风姿清浪举，
天来雪水润夭夭。

壬辰仲夏于林芝。

## 壬辰仲夏夜再访拉萨有感

华灯初上进拉萨，
车水长街耀眼花。
十载光阴弹指去，
神光渐褪竞奢华。

壬辰仲夏于拉萨。

## 甥舅会盟碑

唐蕃会盟甥舅碑，
高墙铁栅锁何为？
刀兵不是攻心器，
自古亲和润物微。

壬辰仲夏于拉萨大昭寺。

## 观会盟碑有感陈公寅恪撰赞普考

博引旁征赞普钩，
古今蒙藏一筐收。
亲缘一脉天风远，
碑额轻云映雪悠。

先哲陈寅恪先生曾据唐蕃会盟碑碑文，博采蒙、藏、满、德、拉丁文，撰写吐蕃彝泰赞普名号年代考，拓藏学之域，功莫大焉。

壬辰仲秋于无名堂。

# 辩经

斜阳西下洒金橙，
慷慨声扬论辩经。
默想低眉双击掌，
脸红瞪目又通灵。

壬辰仲夏于拉萨大昭寺。

# 纳木错二首

## 其一

水色天光一体蓝，
冰峰云朵白如莲。
啾啾戏水灰鸥影，
风挤涟漪白雪边。

壬辰仲夏于纳木错岸边。

## 其二

湖光幻影转灵童，
山水阴阳佛化融。
地阔天高虚实转，
无边法力众生崇。

壬辰仲夏于纳木错岸边。

# 额尔古纳河传说

桦林顺水夹河湾，
影载清江冠载天。
江曲柔波原野尽，
天骄跃马奋蹄铃。

额尔古纳河中，湿地公园内，有一马蹄形河湾，传说为成吉思汗当年跃马跨河时所留之印，至今为蒙古人崇拜，余一行来此留照，故赋此以记。

壬辰夏末于额尔古纳。

## 拴马杆

横杆拴马奋刨蹄，
喷鼻摇鬃云朵低。
热气呼呼频摆首，
寒光射火望天嘶。

壬辰夏末于弘吉拉部。

## 白桦林二首

### 其一

桦树林中小径弯，
幽幽不觉落身单。
轻抬脚步吱吱踏，
身伴清姿影不单。

### 其二

高低黑眼树身嵌，
只只圆睁问客安。
一片风来听叶语，
摇光浮影动斑斓。

壬辰夏末于室韦镇。

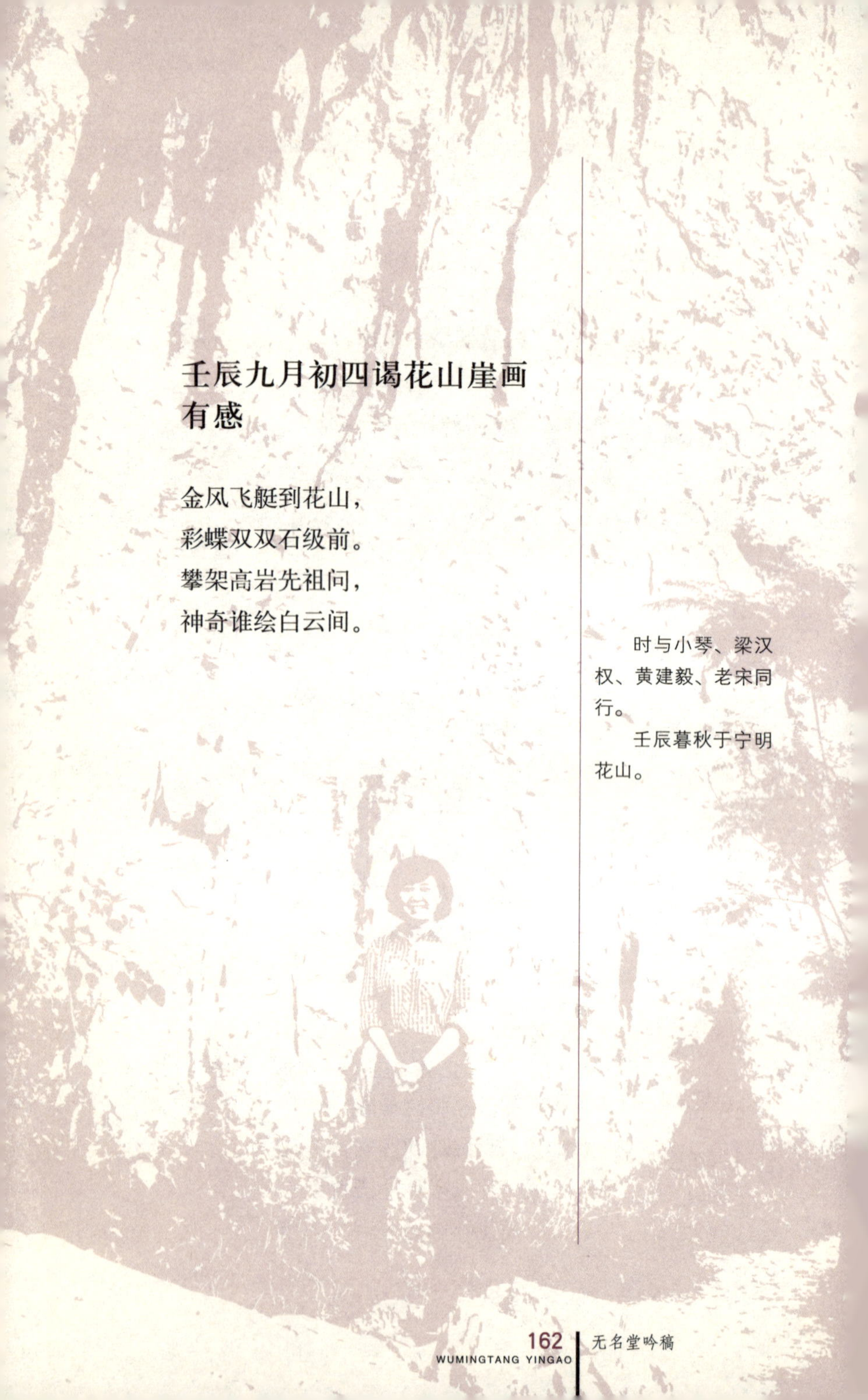

## 壬辰九月初四谒花山崖画有感

金风飞艇到花山，
彩蝶双双石级前。
攀架高岩先祖问，
神奇谁绘白云间。

时与小琴、梁汉权、黄建毅、老宋同行。

壬辰暮秋于宁明花山。

## 美女村听壮家琴师李绍伟演奏天琴有感

一曲天琴美女村，
流泉汩汩有清吟。
芳心寄托南来雁，
可问君心识我心。

李绍伟壮家天琴师，亦善制天琴。

壬辰九月初五于龙州金龙镇美女村。

## 题花山崖画

一画高岩五百年，
蹲身屈肘礼苍天。
佩刀呼犬歌铜鼓，
骆越千秋乐大山。

壬辰暮秋于宁明。

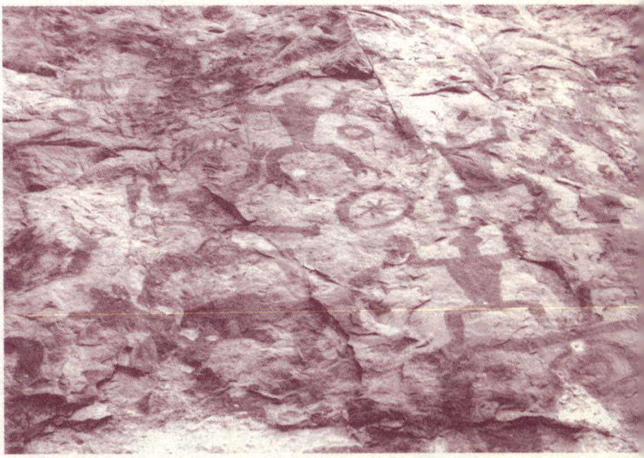

## 磨桄榔

河边老镇旧街长，
水口桄榔磨粉香。
勃郁生来山野物，
盈樽上席赛琼浆。

桄榔，棕榈科植物，其髓磨粉益胃补虚，调为羹，可饮，南国以之入席开胃也。

壬辰暮秋于龙州水口镇。

## 题业秀园陆荣廷旧居

枭雄一世起南疆，
叱咤风云几度强。
威震西南今可在？
秋风黄叶下西窗。

壬辰暮秋于龙州水口镇。

## 巴塞尔秋色

一路秋光巴塞尔，
红黄霜叶彩风廊。
牧场牛马丘原散，
放眼蓝天雁一行。

壬辰九月九于巴塞尔郊外。

## 莱茵河船夫

风霜染鬓短须斑，
清癯身躯背略弯。
摆渡船夫天主使，
高天长缆一生牵。

壬辰九月十日于莱茵河上。

## 莱茵河颂

千岁老城巴塞尔，
一河秋水下莱茵。
滔滔流碧诗人唤，
莫道轻歌葬女神。

昔有诗人海涅，吟咏莱茵河青年船夫，因迷德雷莱女神歌而葬莱茵河之传说。余多年前曾吟唱，几已淡忘。今渡莱茵河，其曲油然在耳，故赋此以贺海涅也。

壬辰九月十日于巴塞尔。

## 双塔晚钟

莱茵河水贯城流，
双塔钟声送晚悠。
载水行风钟散远，
引来灯火水天柔。

壬辰九月十日于巴塞尔即兴。

## 莱茵河颂

涓涓雪化下苍穹，
拍岸清波御彩风。
一水千城欧陆润，
滔滔母乳颂天功。

壬辰九月十日于巴塞尔。

## 登阿尔卑斯山放晴有感

天公知我上冰川，
慷慨阳光雾幕穿。
一派霜林浮岛动，
托举蓝天少女山。

壬辰九月十一日于因特拉肯。

## 远眺少女峰

白雾长沟墨色轻，
云端绝顶雪峰倾。
冰川日照金辉泻，
袅袅云烟五彩蒸。

壬辰九月十一日于因特拉肯。

## 水晶宫

阿尔卑斯冰窟入，
雕熊玉狗水晶猪。
冰河宠物冰姑养，
饮雪餐冰孕太初。

壬辰九月十一日
于因特拉肯。

## 洛桑湖畔

洛桑湖畔火枫红，
夹道虬枝立老松。
掠水鸥轻帆影叠，
五环蓝白共秋融。

壬辰九月十二日于日内瓦。

## 洛桑湖畔摄小琴捡枫叶有感

红枫一地秋光逝，
拾叶轻柔望木空。
留得红霜秋一片，
他年再暖洛桑枫。

壬辰九月十二日于日内瓦。

# 车出勃朗峰隧道

出隧阳光刺目鲜，
缤纷扑面漫秋山。
雪峰勃朗连天白，
判若阴阳一洞穿。

壬辰九月十三日于勃朗峰隧意大利境内。

# 米兰大教堂广场所见

人头攒动广场欢，
白鸽呼来手掌摊。
烈马撒丁雄武烈，
铜盔箸粪自盘桓。

壬辰九月十二日于米兰。

# 贡都拉船夫

船头傲立黑衫男，
点划撑推股掌玩。
翘首当先行贵胄，
翩翩风度百年船。

壬辰九月十四日于威尼斯。

## 威尼斯港

督府门前到客船，
迎风鸥举请公安。
威尼斯港千桅立，
马可波罗向谁边？

壬辰九月十四日
于威尼斯。

## 威尼斯雨

不尽乌云天水茫，
风斜雨横客凄凉。
水城萧瑟风姿减，
唯见灰鸥白浪翔。

壬辰九月十四日
于威尼斯。

## 诣波伦亚大学有感

当街学府大无门，
名校何须面子尊。
学究天人通大道，
开宗一派化形神。

壬辰九月十五日于博洛尼亚。

## 越亚平宁山有感

皑皑新雪亚平宁，
金阳四射白云轻。
秋山雪后西风烈，
天边又见雪山横。

壬辰九月十六日于博洛尼亚至比萨途中。

# 题比萨斜塔小琴照

身来斜塔脑眩晕，
仿佛轻言智者临。
抛物依稀眼前落，
清阶赤足印芳痕。

壬辰九月十四六日于比萨。

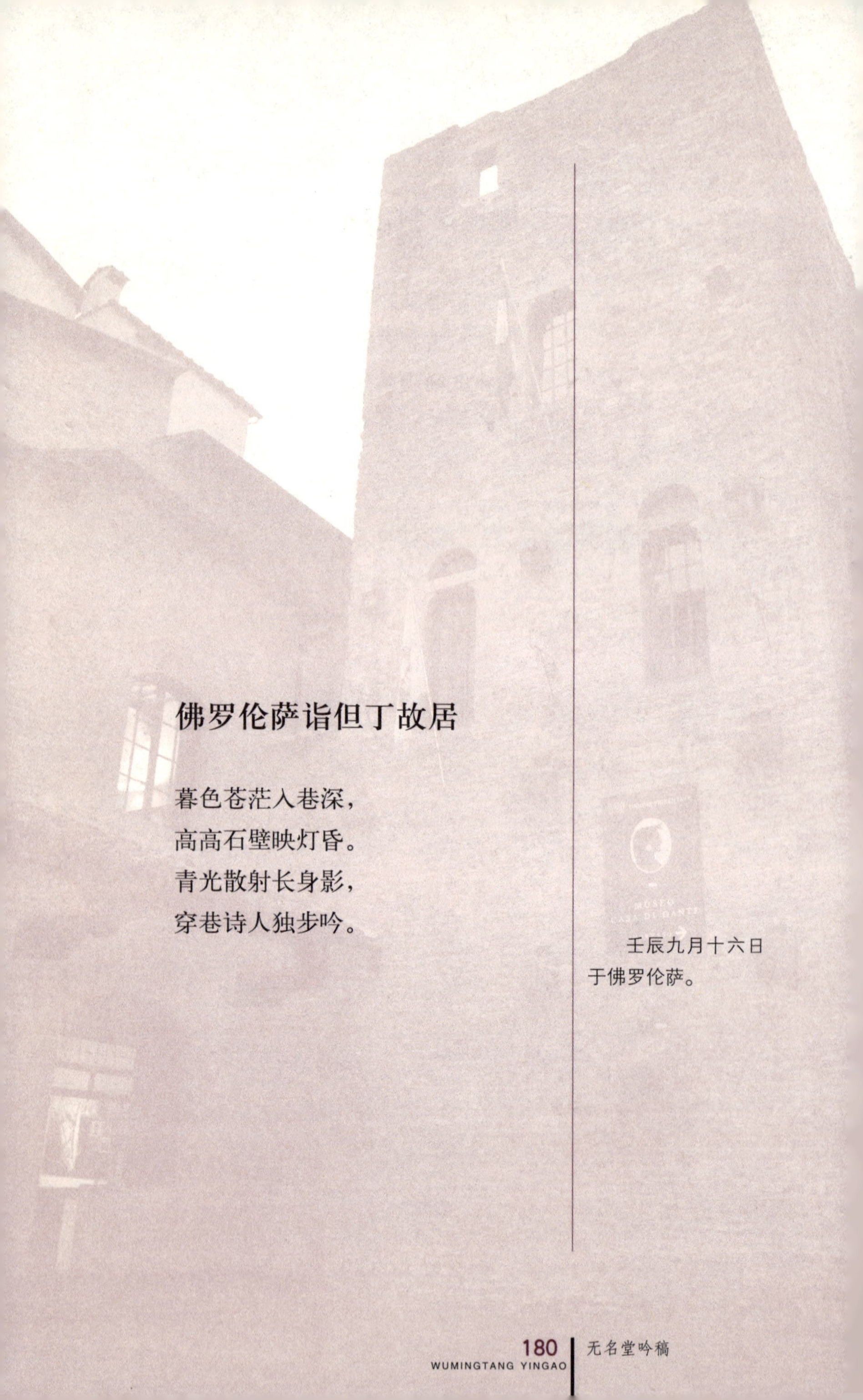

# 佛罗伦萨谒但丁故居

暮色苍茫入巷深，
高高石壁映灯昏。
青光散射长身影，
穿巷诗人独步吟。

壬辰九月十六日
于佛罗伦萨。

## 洗礼堂

王者花冠落广场，
斑斓遍体百花妆。
娇儿一洗天真唱，
谁辨婴啼是凤凰。

佛罗伦萨百花教堂前有洗礼堂，建于公元五世纪。但丁诞生后即在此受洗。

壬辰九月十六日于佛罗伦萨。

# 台伯河

台伯河穿罗马城，
教堂神殿老桥横。
青铜白石群雕立，
千古人神四海生。

壬辰九月十七日于罗马。

## 登梵蒂冈圣彼得大教堂穹顶有感

高峭旋升石阶伸，
古今多少岁华痕。
摩挲石壁留清影，
烛照天堂曲径深。

壬辰九月十七日于罗马。

## 题米开朗琪罗雕圣母哭子像

悲号苍天泪眼枯，
儿躯母抱痛谁呼？
横钉十字天何罪，
白玉幽光待血输。

壬辰九月十七日于罗马梵蒂冈圣彼得大教堂。

## 斗兽场

石像不知何处去，
空余拱洞望天青。
斑斑石柱残垣撑，
风雨千年荡血腥。

　　壬辰九月十八日于罗马。

## 天使桥

西俗传言，鼠疫曾肆虐罗马，几至灭城，绝望之际，幸天使弭灾。故万民感念，建此天使桥以志。余雨中与小琴踏桥，能无诗乎？

壬辰九月十七日于罗马。

天使桥头天使堡，
弭灾驱疫福音捎。
排班敛翅高天候，
再逐时瘟厉鬼烧。

## 白鸽

橄榄新枝白鸽衔，
飞天羽翼翱蓝天。
借来双翅生天使，
白鸽春风四海掀。

壬辰九月十八日于罗马天使桥。

## 晨游君士坦丁大帝凯旋门有感

凯旋门上月高悬，
君士坦丁可入眠。
罗马晨曦风雨后，
秋阳一点破云边。

壬辰九月十八日于罗马。

## 罗马晨咏

长风一夜扫阴霾，
雨净云轻日海来。
失敬未邀晴早定，
水城凄雨免牙筛。

壬辰九月十八日于罗马。

## 别罗马

雪浪推花岸划弧，
腾空寄语白云书。
回眸罗马依依别，
掠影帧帧脑电图。

壬辰九月十八日于罗马至法兰克福汉莎航班上。

## 爨宝碑颂

残碑爨宝立滇南，
岁月依稀凤尾翩。
慧眼知州山野拜，
摩挲碣石久无言。

壬辰孟冬十月初三于曲靖一中。

## 海峰湿地

凛冽寒风水面风，
芦花瑟瑟又初冬。
孤禽惊起声凄厉，
肃杀三分罩海峰。

壬辰孟冬十月初三于沾益。

# 会泽天坑二首

## 其一

峡谷流湍水线柔，
清波漱石乱珠投。
苍崖悬栈山溪渡，
一线青云出洞悠。

壬辰孟冬十月初四于会泽。

## 其二

水刀无刃切青天，
林壑涛鸣万仞关。
赭石苍崖风送语，
生门一出立云端。

壬辰孟冬十月初四于会泽。

# 山雪

莫干山雪竹枝低，
山半风来白絮迷。
云岭停车安吉望，
群峰素裹下清溪。

壬辰冬至前两日于莫干山。

## 赠丁钢马骥贤伉俪

涉水岷江白浪湍，
新婚九寨雪蹄翻。
祥云宝鼎香三柱，
雪化涓涓万里澜。

壬辰冬至前两日于莫干山。

## 赠中平

嘉陵击水浪珠江，
北调南腔雪月窗。
莫道精生千古怪，
雄风一嗓野茫茫。

壬辰冬至前两日于莫干山。

## 赠康宁

捞月空悲采石矶，
随园老木可生诗？
紫金王气今何在？
热闹喧腾夫子池。

壬辰冬至前两日于莫干山。

## 赠方平

西湖初识小孤山，
印社门前敢论刊。
泼墨挥毫虚静主，
从无雅事不均沾。

壬辰冬至前两日于莫干山。

## 珠江夜游

珠江入夜竞辉煌，
掠影流金溢彩江。
御浪行风轻艇快，
华灯高塔浪波光。

壬辰孟冬于广州珠江。

## 冬至诣汀州有感

冬至汀州细雨纷，
长街酒肆一壶温。
三杯可敌西风烈，
江畔登城送暮云。

壬辰冬至日于福建汀州。

## 唐柏颂

老柏相依贡院空，
西风犹唤柳河东。
青烟一吐河间换，
从此汀州学海容。

壬辰冬至日于福建汀州。

## 汀州老城

冬至汀州冷雨飞，
寒江几曲绕沙堆。
老城犹剩城门古，
逝水穿空去不归。

壬辰冬至日于福建汀州。

## 德远堂颂

一脉清流德远堂，
高标石柱衍华章。
山风出谷松涛荡，
四海齐声颂大张。

壬辰冬至后一日于南靖。

## 赠永定土楼林浪珍

雾雨无声润土楼，
客家茶好古榕头。
月娥桥畔悠清桂，
一水山溪日夜流。

壬辰冬至后一日于龙岩永定土楼，林浪珍，土楼客家人，为吾等导游，并奉茶，口占此诗赠伊。

## 题阎正画启元白像有感

酸甜苦辣笑嗔吞，
耄耋顽童不坏身。
淡泊圆融天赋与，
神来之笔最勾魂。

癸巳二月于无名堂。

## 浩画成书首发有感

长流浩气贯云天，
一展丹青热血翻。
战火已随风散去，
英灵青史谱新篇。

壬辰腊月十四日于名校联校即席口占。

## 牛津至伦敦列车掠影寄语小琴

清流一路到伦敦，
春树春花满目欣。
一派春光谁与共，
东风寄语问伊人。

癸巳二月十七日于列车上。

## 癸巳春讲学牛津有感

樱花一树笑盈门，
驾驭春风古镇临。
山野殿堂丝一脉，
瑶山问学到牛津。

癸巳三月十五于牛津大学人类学学院。

## 三一学院有感

苹果花开又一春，
他年落果渺无痕。
青藤白石初芽探，
芳草依依曲径深。

癸巳三月十五日余与书业伉俪漫步于牛津大学三一学院，由牛津大学而分剑桥大学，其学院亦同。故步于牛津三一学院创剑桥三一学院，而牛顿便在剑桥三一学院演绎了苹果树传奇，来此正见苹果树开花，遂浮想联翩，思接剑桥也。

## 见叹息桥侧墙上刻丘比特箭有感

黑墙深巷静无人，
墙角刀痕箭穿心。
墙上黄花风细语，
多情从不少知音。

癸巳三月十五日于牛津大学数学学院学生宿舍外小巷。

## 无题

茫茫一线地天清，
太白临空领众星。
试问昏晨谁主宰？
东升西下自分明。

癸巳仲夏西元2013年6月3日，余应凤凰卫视《世纪大讲堂》邀，演讲“汉字影响力与中国梦”专题，返渝乘CA4144航班，自舷窗外看西天金星冉冉入暮，有感而赋。

# 五律

## 立君山雷达站远眺有感

隔海望台湾，茫茫碧海连。
风车沙岸列，天眼石岗环。
射电搜罗细，微波覆盖宽。
何当长隧贯，彩路发君山。

长隧者，贯穿两岸之海底隧道也。

己丑孟秋于福州平潭君山。

## 谒李庄营造法社梁思成、林徽因旧居有感二首

### 其一

江村长夜冷，小院映灯昏。
伏案弓君背，卧床蜷妇身。
欲言相视笑，忍咳独掩吞。
月影西窗白，风声苦竹吟。

己丑立秋于宜宾。

### 其二

老树土墙邻，残荷苦水根。
月生窗外白，日起院中晕。
秋雨芭蕉泪，春风竹笋心。
江涛长夜枕，滚滚过江村。

## 题园中月季

一朵嫣然俏，红黄半浸绢。
侧姿绒颈露，翘首屈身探。
处子抿羞笑，婴孩吮乳恬。
幽幽香沁远，雨后立风鲜。

己丑初夏于无名堂。

## 野梅赞

老梅关口立，斑驳阅沧桑。
曲干横空逸，虬枝卧野茫。
马蹄幽谷远，烽火断垣荒。
未睹红霞闹，留君雪里觞。

己丑仲秋于荔波黔桂古道黎明关。

## 秋虫

向晚听秋虫，山深一谷风。
低回青石背，激越草丛松。
争偶尖声促，落单形影空。
萤光明灭近，暮色更朦胧。

己丑九月初六于邕桂高速路侧。

## 重阳与小琴并杰远聚桂林有感

竹外大桥头，花窗吊脚楼。
流云山影碎，枕石水波柔。
楼上河鲜煮，栏边竹筏收。
秋阳重九聚，风皱一江绸。

己丑暮秋于桂林漓江磨盘山码头鱼庄。

## 桂林秋

重九中秋后，桂香连数旬。
香来无处躲，阵阵逼人吞。
下水芳流远，上山风撵深。
夜来骚扰甚，梦里也勾魂。

己丑暮秋于桂林。

## 古井

古井台边桂，斜椏映水深。
根抓乡土黑，花点老枝金。
户饮花香露，年流月桂津。
井绳相濡沫，道道说山村。

己丑九月十一于桂林兴安大桐木湾。

## 清流

浮藻湍流顺，苍苔近水涔。
芙蓉风影卷，玉竹日光分。
激石涛声远，行云气象森。
空山人响动，惊起一滩禽。

己丑暮秋于无名堂。

## 金阁寺

金阁一湖斟，红枫灼火云。
高鸣金凤立，低拂玉潭亲。
自在红鱼潜，悠闲水鸟巡。
一勺清净饮，还尔自然纯。

己丑孟冬于京都。

## 岚山

清流大堰川，红日秀岚山。
色动缤纷水，光清幻影天。
霜浓枫叶火，苔厚石阶寒。
芳草和歌地，林深不欲还。

己丑孟冬于京都岚山。

## 贺康兄六十华诞

流光不可追，甲子去来回。
夤夜孤峰啸，长江后浪推。
春心何所讬，壮志岂容摧。
清气西风颂，寒窗一剪梅。

己丑仲冬于无名堂。

## 游鹫峰有感

灵鹫落地轻，神聚定双睛。
敛翅青山负，含威浊浪平。
羽披苍翠老，爪陷古岩狰。
天竺金雕种，凝思佛诵经。

己丑立冬于涞滩。

## 石墙院

暮色竹林昏，徘徊老病身。
残阳天际暗，掠影眼前纷。
缕缕云烟绕，耽耽蛛网吞。
石墙弯几许，人去夜掩门。

江津石墙院，陈独秀晚年蛰居并辞世处也。

己丑腊月二十三于无名堂。

## 忆凉平二首

### 其一

明月水塘徉，青灯透小窗。
禁书长夜短，家信独身双。
月静蛙声远，光柔剪影长。
观音堂上烛，照我渡穷乡。

### 其二

三间半土房，一坝石头梁。
薄土门前种，青蒿屋后荒。
天干苗盼雨，地冻菊凌霜。
独立霜天竹，西风郁郁苍。

庚寅仲夏于无名堂。

## 巴山雾

晨立解家梁，秋山鸟瞰茫。
山沉千岛白，雾走一帘苍。
树隐披纱降，舟浮失舵航。
越渊风飒飒，摇曳柿头霜。

庚寅仲夏于无名堂。

## 观巴格玛蒂河谷印度教火化有感

湍流净肉身，赤焰化归魂。
灵塔依山立，焚台顺水蹲。
倚桥观转世，隔岸渡迷津。
檐口顽猴跳，青烟又一轮。

庚寅仲夏于加德满都雅克雅基酒店。

# 游加德满都老城有感

雕花老木楼，造像竞风流。
大殿香烟绕，高台众庶悠。
神龛蹲野犬，广场踱黄牛。
闹市声吆喝，招徕美目柔。

庚寅仲夏于加德满都老城杜芭广场。

## 观库玛丽处女神有感二首

### 其一

飘然处女神，冉冉月悄临。
暗影浮皎洁，光鲜透玉纯。
圆睁惊诧眼，微启点朱唇。
咫尺天涯远，依依又隐身。

### 其二

稚气童贞女，临窗一展容。
好奇流热切，华丽裹香浓。
宫外光阴转，窗中景物同。
玉笼金翅鸟，顾盼眼梢风。

庚寅仲夏于加德满都老城库玛丽处女神宫。

## 观摩耶夫人陵前少年击鼓

曲柄敲双鼓，穿林疾雨风。
潜心无四顾，专注有恒功。
击节如腾骛，挥槌似乱鸿。
心声何所动，佛母可灵通？

庚寅仲夏于净饭王城。

# 诣蓝毗尼花园阿育王柱有感

花径雨纷纷，晨风入茂林。
有铭阿育柱，无欲释迦心。
舍利金身化，浮屠宝相尊。
婴啼长夜应，空谷大悲吟。

庚寅仲夏于蓝毗尼。

## 三诣台北故宫博物院有感二首

### 其一

阳明山有幸，天下甲藏珍。
久慕千年富，稍窥半日春。
宝光流韵透，神器古风熏。
灵动龙蛇舞，时光俱化文。

### 其二

阳明山下卧，孵宝一何多。
拾级虔心上，临窗逐眼摩。
烽烟千里路，夕照半山坡。
何日黄公望，春江不再豁。

黄公望，元画家。其所画《富春山居图》分藏于两岸故宫，台北故宫于辛卯年夏终使分离了60年之久之《无用师卷》与《剩山卷》合璧展出，吾云：“春江不再豁”，得以合璧也。

庚寅仲夏。

## 台湾印象

明珠大海珍，南北众山奔。
雾谷湍流碧，云峰御岛欣。
白云蓝湛隐，黄果滴鲜吞。
何日天人和，党争休扰民。

庚寅仲夏于台湾桃园机场。

## 太鲁阁

燕子口边岩，云蒸断壁寒。
飞流溪立雾，褶皱嶂重峦。
九曲风穿洞，千回栈咬关。
悬桥天绝处，太鲁阁生烟。

庚寅仲夏于花莲。

## 登打狗英国领事馆有感

烈日高雄港，登台领事亡。
空余天海阔，独立桧松苍。
入巷风来热，倚墙花逸香。
比邻妈祖庙，香火绕雕梁。

庚寅仲夏于高雄。

## 垦丁湾

望海大尖山，悠悠海角南。
涛声青石后，云朵碧波边。
灯塔蓝天下，红旗绿草间。
椰林风影错，路尽垦丁湾。

庚寅仲夏于垦丁湾。

## 阿里山茶

阿里雾山茶，清泉泡紫砂。
柔光看琥珀，流韵品茶花。
货卖三千客，情邀老饮家。
清风茶上路，香远一天霞。

庚寅仲夏于阿里山茶庄。

## 观庚寅马来西亚盂兰节有感二首

### 其一

七月中元会，华乡祭鬼王。
无常清帐细，马面笞刑狂。
火烛垂红泪，青烟弥享堂。
纸船风可顺，万里梦归乡。

### 其二

列队祖灵排，追思跨海来。
鸣锣敲大鼓，冥烛供香台。
三界恩威判，千家骨肉怀。
何方寻古礼，化外一求哀。

庚寅七月初一于吉隆坡。

## 诣台北故宫清季西北边界变迁条约舆图特展有感

皇舆忍悲看，同光失地宽。
老熊伸恶掌，饿虎咽肥鲜。
难得文襄勇，奈何国运残。
变迁图史泪，疆界甲兵勘。

庚寅仲夏于无名堂。

## 赠符永刚先生

雄风大野浑，南国领三春。
悟性芙中启，灵犀马岛喷。
飞流云际彩，山廓雾中皴。
一片精诚至，沈公泉下魂。

符永刚，马来西亚著名画家。

庚寅孟秋口占于符氏吉隆坡别墅。

## 盐碱山

盐碱山如雪，浓霜咬岁寒。
高低三彩叠，远近杂花参。
逶迤流柔线，蜿蜒泼块斑。
沙滩戈壁海，上下雪连连。

庚寅暮秋于阿克苏至喀什途中。

## 神木园

一泓戈壁泉，清冽出天山。
涵养千年木，蓄滋万亩滩。
胡杨虬干扭，银柳老根蟠。
能沐涓涓润，不虚神木园。

## 龟兹乐

蛮荒大野横，奇彩艳天生。
泉韵偕林籁，西风汗马鸣。
秋虫新月畅，春雨百花清。
一曲龟兹乐，汉唐西域声。

庚寅暮秋于喀什。

## 喀什有感

南拥昆仑莽，北依葱岭奔。
西融欧亚彩，东植汉唐根。
丝路和风畅，边城时雨春。
垂天云翼举，四海化人文。

庚寅暮秋于喀什。

## 达坂风

狂风达坂奔，大漠草无根。
走石荒滩冷，扬沙野旷昏。
高天飞鸟绝，边塞畏途伸。
瑟瑟风中立，方可读岑参。

庚寅暮秋于乌鲁木齐至库尔勒途中。

## 胡杨颂

茫茫大漠深，野旷万株林。
酷暑严冬逼，碱盐炎旱淫。
不求英挺势，但养浩然心。
纵有千般曲，西风一片金。

庚寅暮秋于库车胡杨林。

## 秋游龙水湖

红日落船头，西风白鹭洲。
残荷疏影绰，夕照透烟悠。
聚鹜湖湾闹，摇葭汀渚幽。
归航牵细浪，湖绉水天揉。

庚寅立冬后二日于大足龙水湖。

## 艾提尕尔寺

喀什立辉煌，蓝天白鸽翔。
金光朝觐地，肃穆净心场。
高挂波斯毯，时敲礼拜堂。
驰名欧亚寺，容广乃天方。

庚寅暮秋于喀什。

## 火山问

谁布火山群，空山问鬼神。
悠悠云汉渺，沥沥雨丝纷。
黑石凝烟色，红泥化炭尘。
圜丘连大小，座座叩天门。

辛卯三月于腾冲。

## 黑鱼河

黑水黑鱼游，空山一谷幽。
鱼钻青石缝，石锁众眉头。
节理焉铺就，火山堪考究。
高天云何去，几尾黑鱼悠。

辛卯三月于腾冲。

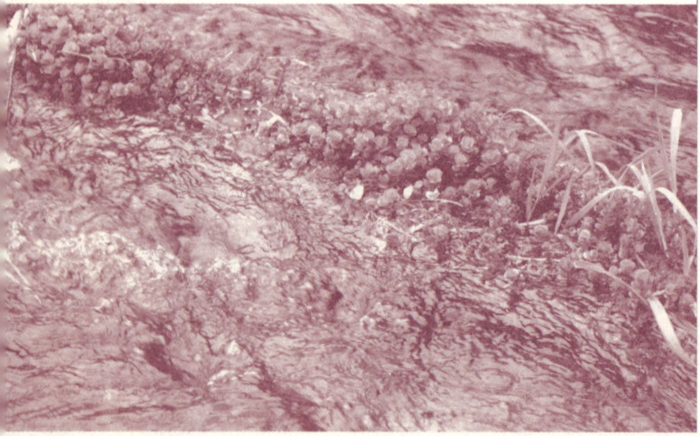

## 晚游无为寺有感

苍山暮色浓，山寺晚来钟。
古木天光透，新花断壁蓬。
春风三月绿，老刹两朝弘。
寂寂林深处，夕烟昏远峰。

辛卯三月于大理。

## 石宝山

石钟烟雨山，曲径老林穿。
云叠苍茫翠，苔粘玉润斑。
借来天宝势，赚得佛心传。
南诏千秋演，欲知朝剑川。

辛卯三月于大理。

## 剑川石窟

凝神面大山，青翠四围环。
雨去堆云矮，风来大木潸。
清灵花一树，空远路三弯。
螺髻烟岚枕，龛龛列大观。

辛卯孟夏于无名堂。

## 辛卯仲夏四维路老邻居聚尖刀山有感

嘉陵日夜流，桥畔立黄楼。
渝水三弯淡，鹅峰一抹稠。
时艰童子笑，物匮老人忧。
一曲新春乐，相逢泪满眸。

辛卯仲夏于尖刀山陶波别墅。

## 悼张鲁

东风二月莎，春信校园播。
意气书生发，豪情学子多。
倒春寒起逼，逆水苦辛磨。
君影依然笑，悲声逐逝波。

庚寅孟冬惊悉张鲁君突发脑出血辞世，翻看当年离校前合影，泛黄照片中，君笑粲然，不意英年竟去也，赋此以托吾哀也。

庚寅冬夜于无名堂。

## 辛卯中秋寄友人

年年问月圆，伊可有音还？
月有千秋问，人求百载安。
寿无同万古，情有共长天。
金果金风送，把酒自销烦。

辛卯八月初八于说乎斋。

## 楚瑟

无声楚瑟横，漆面黑红争。
凤舞流云彩，龙腾卧海青。
松涛千壑动，弦韵一风倾。
玉指纤纤挑，余音远古轻。

九连墩出土文物展中有战国楚瑟。凡二十五弦，彩漆纹饰。其弦虽亡，其瑟犹鸣，尤引遐想也。故诗以记之。

辛卯仲秋于三峡博物馆。

## 观九连墩楚文物有感

九连墩墓壶，千古楚风舒。
莲瓣高天奉，虎睛山野图。
神螭交颈瘦，饕餮鼓腮粗。
江汉斯文郁，幽冥立大巫。

辛卯仲秋于三峡博物馆。

## 凌霄花颂

秋风动小苕，飒爽俏凌霄。
高亢秋声寄，轻柔翠羽飘。
牵须丝蔓卷，嘬口喇叭嘹。
细颈青天颂，嫣红玉朵娇。

辛卯仲秋于无名堂。

## 忆武威脱险

河西生死地，惴惴忆平凉。
病疾张牙虎，医求夺命羊。
崎岖熬路漫，磨难割刀量。
苦眼青天寄，雨丝无尽长。

辛卯秋分后三日于无名堂。

## 秋晓嘉峪关

一轮明月悬，秋晓到雄关。
天际祁连隐，云边古堞偏。
黑山千叠嶂，黄土八方连。
戈壁河西路，西风大漠寒。

辛卯九月十七于嘉峪关。

## 夹山烽燧

夹山烽燧台，风蚀半沙埋。
孑孑斜阳立，悠悠冷月裁。
霜刀颓垒刻，沙暴乱痕筛。
边塞狼烟问，春秋扑面来。

辛卯九月十八于额济纳至酒泉途中。

## 弱水

弱水碎金流，胡杨浪影投。
水天交映彩，动静一梭绸。
风叶霞晖炫，阳光火线遒。
涓涓冰雪化，居延一海收。

辛卯九月十七于额济纳。

## 秋塞

九秋风习习，草木火融融。
红柳沙丘暖，蒹葭沼泽茸。
藤枯瓜地滚，叶老枣天红。
金彩胡杨展，峨冠俏紫穹。

辛卯九月十七于额济纳。

## 嘉峪关

祁连跨马鬃，翼展万山重，
铁骑罗城敌，驼铃异域融。
东来中土卧，西去亚欧拥。
玉路连丝路，老关千古雄。

辛卯九月十八于嘉峪关。

## 隔岸望旧居有感

江岸立西风，秋江瑟瑟东。
雾霾鹅岭暗，塔兀佛图濛。
路架蜗居荡，桥横逝水空。
浮嚣挥不去，举首怅天穹。

辛卯九月廿二于董家溪。

## 捞车河风雨桥

三通一跨桥，一聚两河消。
隔岸山歌对，堂前摆手邀。
木楼高吊脚，牛角翘尖稍。
鼎立古山村，山深白虎哮。

辛卯立冬于湘西龙山捞车村。

# 里耶晨二首

## 其一

晨鸡里耶城，秋水一江清。
残月秦关落，西风古道横。
城荒勘遗址，简老读丹青。
掘井春秋阅，霜林落叶轻。

辛卯立冬于里耶古城。

## 其二

河道走西风，霜红老树枫。
长堤歪土堡，渡口歇艄公。
白鹭沙洲蜷，花鸡石坎雄。
登高回首望，逝水远山穷。

辛卯立冬于里耶古城。

## 武陵月

暮色武陵茫，高崖一抹黄。
晚风青霭度，飞瀑白云量。
碣石苍松老，丘山老柿霜。
枫林斑驳隐，秋月照乌江。

辛卯立冬后一日于武隆途中。

## 金顶

九龙天柱抱，一顶小群峦。
轻烟乘瑞去，紫气驾云还。
铁树依铜殿，金钟供石龛。
朱明天子梦，西化武当山。

辛卯孟冬于武当山金顶。

## 武当神捐

武当云顶金，神捐万户银。
滇铜山水贡，铭书岁月湮。
民心流不去，皇统铸难祯。
留与名山共，朝暮一天云。

辛卯孟冬于武当山。

## 访刘永福故居有感

猎猎黑旗飞，南山虎啸威。
狼烟边塞窜，筚篥凤山吹。
放马追穷寇，回营问蓍龟。
雄关迎剩勇，奏凯抚伤归。

辛卯孟冬于钦州。

## 神樟

天问古神樟，悠悠岁月苍。
干遒星斗举，叶茂华盖张。
鳞老苔斑驳，枝横势态昂。
茫茫千岁阅，春送一天香。

雁山园有大木，已逾一千一百岁，乃神樟也。吾与杰远、王枬一行，壬辰三月往雁山园，得诣此木。正悠悠绽花，满园樟香怡神，赋此以咏。

壬辰三月于桂林雁山园。

## 菜花咏

东风菜子黄，白李雪纷扬。
夹道流金海，沿山叠翠廊。
阴晴流景致，远近演辉光。
春酿山川醉，香游物我忘。

壬辰三月于贵阳至开阳途中。

## 银杏笑

银杏笑东风，卿卿日暮穷。
令行沙石走，势倒雪山融。
物是流长短，人非占吉凶。
浪淘千古尽，时不与奸雄。

壬辰暮春于北碚至机场途中。

## 南伊沟颂

南伊夹一沟，峭壁雪山头。
浪起烟波梦，峰回雾谷游。
云轻风影戴，浪激石苔溜。
长臂天高展，生机万树虬。

壬辰仲夏于林芝。

## 观雅鲁藏布江大峡谷有感

咆哮白云间，奔腾载雪山。
汹汹千仞撞，滟滟一蹄弯。
雄峙冰峰镇，长嘶野马欢。
东西南北拐，一泻雪风蓝。

壬辰仲夏于大峡谷。

## 青山咏

青山不逐流，秀色水中揉。
影碎波光去，涛烹林籁俦，
山姿烟雾幻，威烈雪风遒。
一览皑皑素，嫣然日月抔。

壬辰仲夏于南伊沟。

## 湖心亭

天光上下蓝，山雪白云边。
古栎千年瘿，云杉片甲翻。
湖心香火盛，细浪小鱼闲。
神器阴阳供，童叟顶礼参。

壬辰仲夏于工布江达。

## 结牦纛绳

结绳忙二老，黑白两相交。
双色牛毛织，一根筋韧操。
手牵三岔理，腰紧独弓摇。
牦纛悬绳缚，人神立柱高。

结巴村中，见二老结绳，手牵腰弓，以黑白二色牦牛毛，精心织长绳。问之，乃知其绳，为圣物牦纛悬绳也，故赋此记之。

壬辰仲夏于工布江达。

## 念青唐古拉山

谁主云来去，难窥万仞山。
天开风爽气，峰见雾飞烟。
簇拥神三立，流光佛万幡。
雄风知我意，尽展雪峰蓝。

壬辰仲夏于念青唐古拉山山口。

## 藏獒

半坐大如牛，双垂大耳柔。
眼眯窥炯炯，翕鼓气咻咻。
抓地含锋爪，仰天望月钩。
油光披黑缎，虎虎雪貔貅。

壬辰仲夏于纳木错岸边。

## 小连城暮色

落日小连城，红球叠嶂争。
龙江摇尾送，水口探头迎。
石垒高台炮，山梁利刃兵。
群峰淹夜色，深谷浸幽冥。

壬辰暮秋于龙州。

## 美女泉边

美女泉边沐，青丝碧水揉。
飘摇梳倩影，婀娜散清流。
水响珍珠溅，人声玉佩旎。
红颜明镜托，出水一池皱。

壬辰九月初五于美女村。

## 美女泉

甘冽出幽冥，含烟泡吐轻。
柔光波细语，镜水淌无声。
栉比连池漫，流琼几段盈。
融融天水映，美女一泉清。

壬辰九月初五于美女村。

## 镇南关

雄踞大南关，金鸡唱两边。
明砖青石路，清炮锈痕斑。
要隘高台扼，边民税利捐。
青山连大小，血战断碑残。

壬辰九月初五于镇南关。

## 赠龙瑞群先生

君今问礼难，文脉谁与延。
一把天琴奏，几多野火燃。
熊熊光大雅，烈烈火薪传。
万水千山阔，欣欣大德涵。

龙瑞群壮家，南壮语传人。

壬辰暮秋于龙州金龙镇板烟村。

## 听巫师奏天琴有感

南国小山村，山风养大神。
三清尊法冠，一曲古天琴。
凤首老桐恋，桃身古调吟。
雄关奔马越，回荡万山吞。

板烟数丈之遥则入越南，巫师五十开外，其妻越南妇，亦为神婆，其手弹，嘴唱，脚趾摇铃，全身遂韵律摇动，极为投入。天琴二弦，凤首桃木杆葫芦为琴腔，面板梧桐，为壮家自制也。

壬辰暮秋于龙州金龙镇板烟村。

## 莱茵河渡

秋水一河蓝，莱茵小渡船。
千年高缆拽，百代教民参。
叶落河堤静，鸥翔水面宽。
清阶灯塔路，嵌石上岩端。

莱茵河上横高缆，专为信众来去教堂摆渡。非为游览。余一行无意登船，蒙老船夫摆渡，并赠其自制甜饼。登岸后即顺岩诣教堂。实乃幸事，赋此以记。

壬辰九月十日于巴塞尔。

## 莱茵河即兴

瑟瑟西风下，纷飞落叶轻。
云低天际暗，岸挤浪流清。
拍水灰鸥戏，凌空野鹜腾。
莱茵秋色晚，一水漾钟声。

壬辰九月十日于巴塞尔。

## 过境法兰西

秋雨法兰西，铅云压顶低。
山村新洗艳，流瀑漱清奇。
雾带群山走，烟笼绝壁移。
牧场原野绿，风舞三色旗。

壬辰九月十三日于勃朗峰下。

## 威尼斯雨游

凄风冷雨横，狼狈水城行。
叹息桥悲短，天牢路恨停。
黑云尖塔压，挥剑烈骓腾。
雨打空场溅，游人憾冷清。

壬辰九月十四日于威尼斯。

## 放歌威尼斯

水巷小桥多，宛如新月窝。
登桥招手唤，穿拱小船梭。
石靠凝神听，船头放嗓歌。
声高穿巷远，风雨掌声播。

壬辰九月十四日于威尼斯。

## 观波伦亚古城门有感

罗马古城颓，圆球石弹堆。
暗渠环城布，拱洞水声蜚。
十字叉金玥，军旗镌铁盔。
城门悬盾古，似可辨城徽。

壬辰九月十五日于博洛尼亚。

## 波伦亚咏月

明月一轮圆，老城初夜阑。
塔尖悬月近，圆拱透光栅。
美女人鱼乳，海神天水餐。
三叉撑一月，银泻古城眠。

壬辰九月十五日于博洛尼亚。

# 比萨斜塔

身随斜塔倾，阶转我旋升。
手揽青云过，神追岁月乘。
钟敲天主近，物落速加增。
白玉蓝天素，阶痕脚踏轻。

壬辰九月十六日于比萨。

## 贾湖颂

巧手捏泥条，洪荒火炭烧。
天宽悠骨笛，神问祭龟刀。
瓮酿山楂醉，磨研糠谷淘。
晨炊烟雾淡，红日贾湖高。

癸巳春日于无名堂。

## 晨踏牛津古镇侧泰晤士河岸有感

清清泰晤士，几曲抱牛津。
曲颈天鹅颂，随行野鹭亲。
玉兰红一树，芦苇绿千根。
轻踏苍苔木，悠悠逝水吟。

癸巳三月十六日于牛津至伦敦列车上，时与书业伉俪同游。

## 中国瓷颂

东方窑火红，至宝夺天工。
釉色神来笔，酥光岁润容。
名窑南北荟，神品古今融。
大卫英伦杰，藏瓷一世雄。

癸巳三月十七于伦敦。

## 圣甲虫

祭坛金甲虫，膜拜享尊荣。
法老惶惶跪，祭司赫赫躬。
云端金塔立，地窟彩棺重。
羽化魂超度，春归又御风。

癸巳三月十八于伦敦。

# 七律

## 海井

风展烟波海井澜，欢声燕子井中穿。
惊涛击石奔雷远，雪浪推沙叠韵衔。
浪涌波来山海势，潮消石出岛云闲。
峥嵘栉比礁环列，喷薄朝阳海煮天。

己丑孟秋于福州海井。

## 谒马尾船政学堂有感

百年翻过太匆忙，此地难寻旧学堂。
老表锈针时刻冻，断锚残桨浪花殇。
图强不信空呼号，救国尤须硬脊梁。
读史最悲书上戏，踏勘亲历悟兴亡。

己丑孟秋于福州马尾。

## 诣林公祠有感

少穆祠堂闹市村，古榕虬干翠深深。
红莲出水珠犹润，墨竹倚墙影自矜。
龙眼枝肥灵石透，楹联柱老魏碑湮。
欣欣一院清风地，演化春秋到虎门。

己丑孟秋于福州林则徐祠堂。

## 秋游大七孔有感

秋风晨起出阴霾，塞路牛群碎步挨。
石壁洞天云影瘦，山泉垂乳气流歪。
青藤蟒附花皮蜕，白瀑龙飞雪浪摔。
一泻青滩珠玉乱，晶莹不断翠天来。

己丑仲秋于荔波。

## 悼雨僧先生

泾阳三十一年前，烛泪人生苦耗干。
盲目再无长夜累，残膑根绝险途艰。
三分廿八书生命，一脉千秋志士肝。
宁夺三军元帅印，匹夫正气荐轩辕。

庚寅孟夏于西南大学宓园。

## 江岸石阶

青弋江边石级横，千年老镇斜坡登。
招摇酒幌今犹唤，迎送门楼古已凝。
石板长街江载影，灰砖小院树遮形。
踏歌声里诗人去，江岸唯余叩石声。

庚寅仲夏于无名堂。

## 夜游秦淮河有感

流光溢彩夜秦淮，画舫清茶过老槐。
朱雀桥头无燕影，浮屠塔畔吊灯排。
依稀可见明城立，隐约难寻彩凤钗。
白鹭洲前浓翠涌，香风熏得醉人歪。

庚寅孟夏于南京。

## 读李合肥入都诗有感

手把吴钩口吐莲，入都豪气海天掀。
丈夫身手风云拨，高士棋局胜负签。
乱世从来刀两刃，事功未必命中圈。
狼烟甲午焚天阙，命蹇中堂一吐殚。

庚寅孟夏改于无名堂。

## 游加德满都有感

巴格玛蒂河流湍，加都一抱白云间。
雪山风带洋流润，盆地旗招异域幡。
白塔经筒颔首转，黛眉红顶裹纱翩。
龙爪象鼻融融乐，一过珠峰别有天。

庚寅仲夏于加德满都。

## 谒净饭王城故址有感

辞家太子出东门，从此王城草木深。
古树横生宫禁地，残基方正御园门。
依稀石径潜逃路，斑驳砖台贵胄纹。
方寸精庐延祭火，幽幽摇曳入禅林。

庚寅仲夏于净饭王城。

## 赠谢忝宋先生

行空天马九霄来，性本青山大野孩。
裂地惊雷生紫气，披云枕雾结珠胎。
凌虚大木山人问，露角新荷处子怀。
八大孤禽翻白眼，世风从不识雄才。

谢忝宋，马来西亚著名画家。

庚寅孟秋于谢忝宋府春草堂。

## 南粤行十年忆

车出虎门到翠亨，青山老宅客门盈。
焚烟更激生民恨，起义争输志士诚。
易暴终非枪炮力，闭关难拒虎狼兵。
十年深圳渔村化，南粤沧桑问汗青。

戊寅孟冬余与金一鸣、周祝瑛等教授有南粤一行，十年后庚寅孟秋余又经南粤，有感而就。

## 观马来西亚伊斯兰文化博物馆有感

镶珠嵌宝绿红蓝，壶扁金装利刃弯。
初月新牙炫美玉，经书锦绣溢香檀。
花浇漫卷缠枝秀，挂毯飞针异彩嫣。
测象精微朝暮课，一方山水一方参。

庚寅孟秋于吉隆坡。

## 哭汶川大震

一震汶川裂血盆，生灵数万霎时吞。
山崩地陷湍流断，暴雨狂风疾电奔。
悲撼京都呼救切，劫牵寰宇哭灾深。
天静风凝旗半下，阳光惨淡映亡魂。

戊子孟夏。

## 乌骓颂

黑缎流辉紧裹身，宽胸阔展气匀深。
长鬃瀑下飞帘挂，尖耳风生出笋分。
扭颈粗筋蚯蚓伏，丰肌冒股跳蛙伸。
眼梢飘忽关山路，踏雪乌骓疾电奔。

庚寅中秋后余无意间收入两唐三彩黑釉马，马高一米零五，长九十余厘米，实为罕见，故诗以咏之。

庚寅暮秋于无名堂。

## 夜出轮台

满天星斗出轮台，野旷人稀睡眼揩。
夤夜难窥城一隅，晨曦只见路扬埃。
神追征战将军苦，心系和番郡主哀。
一踏茫茫戈壁大，西风抖擞拓边来。

庚寅暮秋于龟兹古道。

## 塔河问

塔里木河沧浪问，楼兰古道可留痕？
人家散落河滩曲，老木稀疏野旷浑。
红柳枝柔风瑟瑟，荻芦絮乱日曛曛。
黄沙一地秋阳铺，天际苍茫淡淡云。

庚寅暮秋于库尔勒罗布人村寨。

## 大峡谷

狼牙锯齿竞狰狞，怪石奇山万象呈。
长峡森森寒气逼，悬岩耸耸彩云蒸。
高僧面壁千年洞，远客留踪半日程。
亘古风雕天造化，我来西域不虚生。

庚寅暮秋于阿克苏。

## 龟兹秋

龟兹九月正秋凉，万里霜天大漠茫。
瑟缩牛羊天际白，参差山石地堆黄。
斑斑盐碱连滩阔，莽莽冰峰透迤长。
慷慨从来西域富，秋阳一抹艳胡杨。

庚寅暮秋于龟兹。
辛卯二月于黔江。

## 辛卯孟春赴黔江途遇春雪有感

寒风料峭黑霾沉，一夜纷扬白早春。
夹道皑皑山戴雪，连阡灿灿地铺金。
红桃雪映娇娇俏，绿柳冰晶冽冽纯。
东出钟山长隧贯，武陵春日又迎君。

辛卯二月于黔江。

## 小南海掠影

巨石山崩峡口壅，天湖出世海横空。
川流绝路环春岛，断壁高危锁孽龙。
横逸芳姿崖半树，斑斓锦毯畈千丛。
影摇苍鹭光波乱，紫燕飞来一点红。

辛卯二月于黔江小南海。

## 巴人颂

扶桑神木上青天，大鸟乘风日月圆。
夕落晨飞金凤火，刀横剑竖铁戈寒。
錞于虎啸群山震，盐井鹿鸣一水甜。
雾里鹰崖悬独木，巴人生死白云间。

辛卯仲夏于无名堂。

## 倪瓒长卷颂

秋水寒江长卷摊，云林秀色可神餐。
枯枝黑干清溪澹，焦石苍苔薄雾寒。
飘逸悠悠天一际，清灵约约径三弯。
荒烟不尽空疏落，竞引名家翰墨攀。

辛卯仲夏观泸州博物馆镇馆之宝有感。

## 李家山

迷蒙细雨古镇烟，浩渺湖山透树冠。
斑驳编钟铜鼓绿，虎牛铜案铁矛坚。
浮雕臂甲山林兽，跪踞陶人庙祭幡。
滇国幽幽来远古，抚仙湖畔李家山。

辛卯仲秋于江川。

## 观纳古新旧清真寺有感

清真古寺老碑铭，斗拱重檐岁月更。
竹菊梅兰雕户对，琴棋书画花窗屏。
包头淑女阿文诵，掩面经师晚课听。
新塔煌煌高峻立，时髦尽失化缘生。

辛卯仲秋于通海纳古镇。

## 辛亥百年祭

保路风潮憾锦城，川江滚滚发先声。
武昌枪响周天应，民国婴啼南北争。
万岁似随辛亥去，孤家偷换共和称。
刀枪难绝登基梦，道是无形却有灵。

辛卯九月十四于无名堂。

## 塞外怀古

回眸步步揺肩深，大漠烟尘叠细君。
斜照胡杨生媚彩，歪倚车轿遗孤云。
穹庐醉卧乌孙汗，戈壁风摇大汉嫔。
雁字南归天际淡，眼追黄鹄寄秋吟。

汉武帝元封年远嫁汉王刘建女儿刘细君于乌孙王昆莫。细君出河西入乌孙。昆莫老迈且语言不通，细君孤寂而吟悲愁歌：“吾家嫁我兮天一方，远托异国兮乌孙王。穹庐为室兮毡作墙，以肉为食兮酪为浆。居常土思兮心内伤，愿为黄鹄兮归故乡。”余今行此道有感而作。

辛卯九月于额济纳达来呼布镇。

## 武当山

皇家道观气恢弘，据险凌虚八面风。
尽采秦巴龙虎气，兼收儒释鬼神功。
黄铜黑铁千秋铸，紫木丹漆百载隆。
大石礅礅云幻化，交融胜境九天重。

辛卯孟冬于武当山。

## 兰亭寄怀

一水山溪带醉流，醇香饱浸紫毫遒。
龙蛇畅走和风润，纸墨相濡率性酬。
曲颈天歌红掌拨，摇姿清韵绿稍抽。
无缘一拜兰亭序，白雾昭陵漫卷愁。

辛卯腊月于无名堂。

## 钦州紫

天方泥甲钦州紫，四海陶尊北部湾。
出窍灵犀山海透，摄魂文采鬼神参。
能知物性生灵性，方悟天泉活艺泉。
气韵去来云自在，清风妙化有无间。

辛卯孟冬于钦州学院陶艺馆。

## 老樟颂

千年寒暑老疤身，总把新伤累旧痕。
岂有奢求风雨少，从无妄念旱涝均。
来灾去祸谁能恻，老骨新皮自可斟。
昂首苍天何所倚，珍藏岁月一轮轮。

壬辰暮春于无名堂。

## 观喇嘛岭寺佛造像有感

五色相揉雪域掺，藏王圣地佛泥抟。
三光百纳金身彩，万缕千丝白玉棉。
泥软绵长生死度，灵飞骨立涅槃禅。
红墙石级阳光地，黑白悬幡冉冉烟。

壬辰仲夏于林芝。

## 大山阴颂

青山本色众生门，仰卧峰峦敞大阴。
山野何须羞半掩，禅林自古性天尊。
经幡五彩风云拜，香火纯清弟子神。
何处阳根天下伟，花拥巨牝洞房春。

布久乡喇嘛岭寺侧有神山，山体类女阴。此寺乃宁玛派所属，寺中供奉石、木、铜男根、女阴，又以圣女阴为最，故高挂五彩经幡，燃香火以祀。吾等有缘得见，书此以志。

壬辰仲夏于林芝。

## 壬辰夏末观海拉尔要塞

铁甲兵车锈迹斑，雄风要塞垒危卵。
诺门师溃伤心北，张北谋阴挺险南。
膏药旗红残照血，精钢刃白腹肌粘。
无边草地狼烟散，不尽长空日月天。

壬辰夏末于海拉尔要塞。

## 观蒙古弘吉喇部赛马有感

豪情少年气冲天，击掌输赢赛马先。
喲哨尖声空旷野，脱缰神骏牧场欢。
风生倏倏云边去，电闪飕飕草上还。
策马飞奔双骑射，俯身贴马谢先鞭。

壬辰夏末于满洲里。

## 夜出小连城

小连城上日西沉，暮色溜来似贼临。
石径尖刀伤脚肉，山梁峭壁摄元神。
穿林更觉森然压，抬首方忧恐且吞。
无届崎岖何处尽，一牙新月出层云。

壬辰暮秋于龙州。

## 夜下小连城

为看连城落日圆，无边暮色虎吞山。
西边日下飕飕去，东岭新牙缓缓攀。
日月同天相转望，喜忧交运互求安。
高跟蹩脚蹒跚挪，祈福天怜脱险还。

壬辰暮秋于龙州。

## 少女峰

踏雪轻柔少女峰，冰川冰脊走冰龙。
晴空万里天如洗，眼底千山势毕恭。
隐约秋林浮浪远，晶莹雪岭立穹隆。
云烟俱散风生韵，独立峰巅一敞胸。

壬辰九月十一日于因特拉肯。

## 米兰教堂

教堂尖塔米兰冠，踏步扶摇列圣贤。
白玉清辉光石像，青铜古色润门环。
圣杯圆柱耶稣敬，十字云端圣母瞻。
烛光遥对星天语，人间天界两相安。

壬辰九月十四日于米兰。

## 石阶痕

天梯旋转上苍穹，欲探天堂仰太空。
日月星辰谁主宰，阴晴气象可神功。
晨昏上下从无懈，兴邦宿儒课农桑。
苔痕斑驳千秋阅，石痕无语性灵通。

壬辰九月十六日于比萨。

## 题汀州贡院唐柏

唐柏华冠贡院梁，云栖风漏越沧桑。
几多兴替阶前路，不尽空盈殿下桩。
亡国孤臣悲影吊，兴邦宿儒课农桑。
苔痕斑驳千秋阅，昔日名城老木量。

壬辰冬至日于福建汀州。

## 苦笋咏

夜雨清明苦笋伸，茸毛翘壳玉身身。
时鲜早市江城贵，野味初尝竹海珍。
座上涪翁辞赋佐，案头怀素墨书临。
多情总是青山意，邀得秦公小酌春。

癸巳清明后一日余携弟子多人至宜宾，恰逢苦笋新市，随带些许贻赠秦公，并赋此以和山谷、怀素等前贤也。

# 古风

## 题神木园库尔米什阿塔木麻扎

大木阅千岁，老根百结盘。
胡杨龙爪地，曲体千姿旋。
白榆罗伞撑，虬干衣豹斑。
银柳风婆娑，厚甲织斑斓。
核桃瘤瘿皱，森森古洞穿。
蔚然成大势，葱郁戈壁滩。
涵养氤氲气，风来化云烟。
戈壁生气聚，滋润一泓泉。
日夜流清冽，冬夏渗涓涓。
绿洲清泉养，水木茂沛然。
横亘日月运，苹苹行大观。
自为天地秀，何处来圣贤。
后来反居上，黄土集墓园。
墓主溯流光，倒转一千年。
兵败葬身处，何来插杖泉。
先后主客倒，神话天方谭。
借得林泉势，凡胎也升仙。
弄墨涂鸦客，掉文蛇足添。
趋势风雅附，造景自然阉。
秋阳大漠尽，西风簌簌寒。

庚寅暮秋于喀什。

## 喀什观舞有感

一团火蝶飞，烈烈满堂辉。
红柳金风摆，沙棘艳阳煨。
绸裹腰肢软，发甩群辫追。
明眸流盼灼，轻挑弯月眉。
红唇启皓齿，俏嘴绽靥绯。
翘鼻呼吸促，张翕偕香扉。
玉指清波划，秀颈柔肩推。
酥胸粉纱隐，起伏如纵辔。
绿裙律动疾，神来婀娜腿。
红袖紧身运，灵动多姿臂。
曲线上下柔，流韵眼飞媚。
探身高丰乳，翻旋迤逦恢。
彩风双翼展，虹霓透雨霏。
手鼓拍欢欣，琵琶奏轻雷。
旋律头足韵，情炽节点摧。
戛然舞神静，举座梦不回。
梦随舞影去，腾云跨乌骓。
一鞭两千年，挥剑别虞妃。
再鞭入长安，太白胡姬偎。
三鞭桃花坞，唐寅笔下肥。
魂去慷慨送，神来曼妙归。
悲欢人生丽，一簇刺玫瑰。
翩翩风万里，长空翔锦翚。

庚寅暮秋于喀什色满宾馆。

## 月出波伦亚

明月出老城，水银泻无声。
昏光古石道，月下踏幽冥。
圆拱长廊空，立柱映街灯。
黑白分合柔，天地交辉映。
尖塔星云稀，曲巷高墙颈。
孤影斜投长，步敲夜静听。
脚下青石语，身旁老墙应。
低头孤影伴，抬首朗天青。
一城银光罩，昊天圆月明。
千年城岁老，万古月年轻。
明月横空出，古城月月升。
慷慨明月照，月下大学萌。
罗马大法典，依内里奥正。
语法逻辑论，教会世俗订。
法理遵天道，皇帝颁法令。
独立穷学术，强权永不凌。
大学古城月，横空玉宇净。
人类出长夜，再不秉烛行。
月出波伦亚，世上学风盛。
薪火自由燃，燎原化坚冰。
辈出智者群，灿烂长夜星。
丧送旧时代，神曲曙光盈。
诗蘸心血热，千古一但丁。

驱疫倡共和，彼得拉克领。
桂冠诗人誉，巴黎罗马争。
教派新旧分，托主释人性。
一本愚人颂，伊拉斯谟名。
青年哥白尼，求法天体衡。
一改地心说，开新举世惊。
自然魔法教，实验根基定。
显微剖医理，数学开新境。
不懈马可尼，电波追有恒。
火花放电器，云天借风筝。
先驱伽伐尼，探索结高朋。
富兰克林交，卡文迪许证，
伏打电池成，共扛电气鼎。
四海兴大学，普天仰学圣。
今夜明月再，大学近千龄。
从此幽微探，万法思辨清。
掬别中世纪，开启百家鸣。
一马着先鞭，文艺孕复兴。
风起意大利，波涌亚平宁。
隧尽欧罗巴，狂飙万马腾。
月移法兰西，巴黎大学生。
清辉越海峡，牛津剑桥颖。
月临德意志，学贵自由精。
无足行万里，有道天人擎。
何夜城无月，月照天雪莹。
来朝大学母，今日我有幸。

我临老城月，人月两相倾。
轻踏嵌石路，仰天月光乘。
思飞千载远，月渡诣群英。
相致诗人礼，流光输精诚。
丝路朔秦汉，心智无界梗。
诗人天海游，诗心一点灵。
安问前贤好，共沐明月澄。
中国来诗人，踏月和凤鸣。
银辉载诗远，蟾宫托桂馨。
桂冠嫦娥织，大学之母赠。
明月天之眼，相望总生情。
圆月波伦亚，清辉照前程。

张诗亚，壬辰九月十五初稿于波伦亚。

二十五日定稿于重庆北碚无名堂。

## 拜伦颂——瞻大英博物馆画像馆所藏拜伦画像有感

### 一

斗柄转天枢，流光日月输。
十九世纪启，十年去欻忽。
千秋古希腊，拜伦久倾慕。
越海抵雅典，卫城诣废都。

脚踏空寂应，头上斜金乌。
诗人临神殿，无言立静穆。
恢宏昔日盛，残败透彰箸。
心翻五味搅，震撼竟萧疏。
壮美非所梦，颓景更触目。
卫城空寂罩，耳畔风呜呜。
身与石像静，心潮海匍匐。
卷发颤摇乱，爱琴海风拂。
夕辉柱影长，阴阳交割渡。
明澈蓝眼扫，斑驳石柱抚。
眼蓝深似海，柱残水火荼。
墙角结蛛网，蜥蜴钻柱础。
女神折双翅，缪斯碎三五。
圣殿蔓荆棘，残躯断突兀。
扭头恸辉煌，扪心难释堵。
神凝脚下沉，缓踏殿前路。
昔日诸神踱，来往人如注。
辉光永不再，败叶桂冠枯。
转眼看大海，斜照金光铺。
且把夕阳恋，换作朝阳吐。
幻象演缤纷，史前希腊曙。
金辉眼帘映，悠悠启大幕。

二

先民筑新城，宏伟立远古。
雄峙爱琴海，城邦奉盟主。

大英博物馆画像馆藏有一帧拜伦画像，该像作于拜伦初到希腊之际。时在1809—1810左右。拜伦所见之卫城已是额尔金劫掠后之败象。额尔金伯爵1799年被任命为大英帝国驻奥斯曼土耳其大使。其时，希腊正被奥斯曼奴役。额尔金得到土耳其苏丹特许，许其在希腊全境“调查希腊文明”。额尔金借机召集一群画师，建筑师及模具引来众神会，宙斯主豪赌。
海神波塞冬，岂肯称臣服。
狠敲三叉戟，巨岩穿洞窟。
烈马出地缝，腾空长啸舒。
智慧雅典娜，健美动楚楚。
长矛银光闪。敲岩轻风舒。
清纯拨山弦，回眸笑吐珠。
盎然迎风摆，欣欣橄榄树。
宙斯笑颔首，万民拥城母。
从此号雅典，卫城展鸿图。
群星运斗拱，旷代辉煌数。
波斯大流士，暴虐破城屠。
国难希腊奋，城邦共御侮。
聚歼萨拉米，血染大海怒。
劫后城再建，不屈英雄族。
抹泪清废墟，咬牙洗血污。
卫城立高岩，傲岸不可辱。
苍茫数千载，岁月天支付。
拜伦临遗址，太息涌肺腑。
英雄古希腊，国破陷强虏。
暴虐三百年，黎庶水火煮。
寻根诗人恸，安能事屠夫？
深目噙热泪，幽光透沉浮。
一步一趔趄，千钧滞跬步。
非因病足残，思乱更踟蹰。
祭坛庄严褪，海风扫荒芜。

师到希腊，全面测绘了诸多古希腊文化遗址。不少，至今在大英博物馆展出。拜伦画像亦在其间。同时，额尔金开始了肆无忌惮、大规模地掠夺，洗劫古希腊文物，将帕特农神庙能搬走、可切割之雕像、建筑等劫掠一空，足足装了四艘船。现展于大英博物馆之“额尔金室”之希腊大理石雕塑等，均掠自帕特农神庙。

拜伦至卫城，遭

风送七弦琴，回荡空庙愡。
残杯满地碎，再无美酒祝。
此杯美仑焕，脱胎海伦乳。
神话言犹在，美神想象甦。
煌煌竞纷呈，历历皆心怵。
回首咽唏嘘，欧罗巴失怙。

三

倒流时光溯，盛会诸神徂。
奥林匹亚山，欢声融敦睦。
雄跨公牛吼，翱翔苍鹰翥。
巨手挥雷电，宙斯万神父。
举杯颂酒神，众神列威武。
赫拉圣火燃，熊熊大殿簇。
放眼寻众神，今朝知何处？
残败神殿颓，疮痍不忍睹。
混沌开天宇，茫茫问太初。
缤纷万象欣，千种物态殊。
探源寻本体，追根归元素。
智者穷哲理，诡辩论有无。
毕达哥拉斯。物象皆生数。
异见泰利士，涵育水流漱。
德谟克利特，原子万类布。
赫拉克利特，逻各斯蛰伏。
苏格拉底诘，睿智产婆术。

额尔金劫后之惨状，让其极为震怒，痛苦、悲愤之余，在废墟残壁上题词："蹂躏罗马帝国的野蛮民族所不能做的事情，这个苏格兰人竟敢做了！"被诗人痛斥之"苏格兰人"便是文物强盗额尔金伯爵（而此额尔金之侄小额尔金便是1860年洗劫并火烧圆明园之罪魁）！

拜伦为之恸，为之哭，为之诗。先后写了《哀希腊》及《雅课徒创学园，理想柏拉图。
亚里士多德，本体论幽独。
文风盛雅典，斯巴达征戍。
弦琴学校雅，学童佐教仆。
希腊尚教育，文明欧洲哺。
千帆爱琴海，熙攘行商贾。
货贩天下利，风融东西俗。
时近中世纪，狂野卷欧陆。
铁骑铺天来，希腊陷地府。
城陷奥斯曼，神庙军火库。
激战威尼斯，舰炮正中鹄。
引爆万神殿，浩劫永不复！
完美裂碎片，圣殿化坟墓。
劫后复再劫，英使贪婪露。
诗人临屠场，题壁书愤怒。
有形卫城废，无形众口述。
荷马诵史诗，竖琴伴幽诉。
阿喀琉斯盾，普罗修斯缚。
选美金苹果，战端衅嫉妒。
鏖战众雄斗，血刃连年苦。
木马特洛伊，城破悲妇孺。
英雄奥德赛，多难乡归途。
雅典娜呵护，终脱恨桔辘。
情诗爱心声，莺歌颂萨茀。
大智寓言巧，伊索罪何辜。
悲剧振心魄，天火人间福。

典娜的诅咒》等诗篇。诗人不仅为之鼓，为之呼，更难得的是，为之毁家纾难，直至亲率舰船，领导、参与希腊反抗土耳其暴政，争取民族独立，解放之武装起义。而且，竟于“出师未捷”之际，“身先死”。用拜伦临终之话说：“不幸的人们！不幸的希腊！为了她，我付出了我的时间、我的财产、我的健康；现在，又加上我的生命。此外，我还能做什么狂欢兴喜剧，酒神激情助。
健美展天体，竞技神灵附。
文风尚缪斯，英勇擂战鼓。
温泉关上血，国难慷慨赴。
追风马拉松，疾奔赛脱兔。
铁饼神臂掷，闪电长空弧。
长杆标枪投，神力刺飞虎。
勇士斯巴达，沉默尚简朴。
敏捷身手健，天生无媚骨。
伯罗奔尼撒，恶战赛残酷。
雅典斯巴达，兄弟萁豆煮。
结盟波斯人，宿敌认贼父。
血火战果取，虽胜败祸蓄。
虎贲今安在，猛士谁招募？
战火毁城池，安把雄阉腐？
煌煌文明种，荒墟绝代乎？
奥林匹亚神，断臂谁忍戮？

## 四

夕阳秋风下，山海余晖镀。
诗人默默行，拄杖拖病足。
昔日如梦碎，卫城渐入暮。
史诗天外来，低回声仿佛。
血涌呼吸粗，脸白裹尸布。
此景熔心铸，此痛夺命毒。

呢？”而登临卫城，睹其惨状，当为其为之献身所立志之肇始也。

吾与书业伉俪癸巳春三月诣大英博物馆所藏之拜伦画像，当即心中怦然，久睹之而思翩然，拜伦诗人也，先府君为吾小弟命名诗仑，即是缅怀诗人也。此事撰写之际，吾便想到这层，诗刚写成，吾小弟竟然辞世！故此诗可一并缅怀逝者也。

癸巳三月十八于

废城碎石踏，撕心搅肠肚。
神判殿已败，史诗咏更苦。
失国悲天大，血泪乡土潴。
文明千秋孕，岂容成刀俎。
男儿当奋起，血战不愧祖。
宁为刀下鬼，不做亡国奴。
挥戈雅典娜，挺胸昂高颅。
寒光血刃白，希腊脱桎梏。
诗人自由魂，大义无反顾。
抗暴何所惧，慷慨专制除。
殿前立诗人，希腊哀恸哭。
长歌哀天地，豪气苍龙缚。
拜伦立卫城，释然出迷途。
何日挥剑来，一轮朝阳沐。
金辉提洛岛，阿波罗复苏。
脊骨风雨直，文风兴再敷。
学统重开启，大剧演穹庐。
恢宏卫城再，橄榄春风绿。
大志拜伦誓，此生不踌躇。
贵胄皆可抛，千金散粪土。
史诗琴重竖，辉章誓再书。
蓝眼明澈莹，万里大海沸。
雅典渐隐暮，风送涛语读。
明月海上起，诗人月光浴。
海风送清辉，拜伦化雕塑。
刚毅银辉廓，融入众神谷。

初萌于大英博物馆，三月三十日完稿于无名堂。

# 词

## 忆秦娥·黎明关

秋风阅，黎明隘口吟残阙。吟残阙，锁喉黔桂，满山霜叶。

关山古道高低越，群峰浪走云天叠。云天叠，几多酣战，断肠伤别。

己丑仲秋于荔波。

## 虞美人·北国暮色

漫天呼啸沙尘竖，北国峥嵘露。

斜阳淡淡柳枯柔，千万枝条舞乱万千愁。

西风入暮声凄惨，墨色寒霜染。

夜来灯火也冰清，摇曳一城龟缩冷街行。

戊子冬日于京郊。

## 如梦令·秋云

又是九秋风峭，何处菊香幽搅。

西北望茫茫，谁晓，谁晓，出岫白云姣好。

己丑秋日。

## 忆江南·新茶韵

己丑腊月二十六于秦公效侃府上，向先生仲怀奉腊月二十三所采新茶，众欣然品之，其清新可人，赋此记之。

春叩早，腊月试新茶。玉润融销空谷雪，风清浪皱一江花，勃勃岂春芽。

## 忆江南·陈雪贤契毕业志贺

庚寅仲夏于说乎斋。

湘西大，灵物养深山。南粤三湘中土濡，桂黔滇越八风掀，休道武陵蛮。

## 卜算子·赠如安

一出大巴山，又向黔江去。莫道寒枝凤不栖，只待风云聚。

翼展九天垂，万里雄风举。他日回眸看武陵，勃勃群峰郁。

## 少年游·山乡忆

山乡岁月未荒芜，夜读隐蜗庐。
萧萧屋外，柔柔石案，一本黑皮书。
至今遥想当年事，最盼友朋呼。
积愫萦怀，一方天各，终能一快抒。

辛卯腊月于无名堂。

## 南乡子·温汤

石瘦老梅苍，一片氤氲白雾霜。
忽暗忽明烟影戏，云裳，池畔疏枝浪叠双。
泉响笑流觞，曲径飘纱裹浴妆。
婀娜扶摇轻试水，天汤，入碧风姿里外香。

壬辰正月初二于北温泉，时与小琴，迪儿开年新裕。

## 诉衷情·梅殇

枯枝几点泪珠留，朵朵蜡绢揉。飞霜过尽萧索，雨雪满天愁。

风瑟瑟，颤悠悠，冷飕飕。飘过残香，淡淡依稀，几缕幽幽。

辛卯腊月于无名堂。

## 疏影·冬至梅

流年又别，玉兔摇短尾，难扫枯叶。不尽凄凄，风雨飘零，缘何片片呜咽。年关总伴西风至，肃杀气，逞威寒冽。莫望天，一派阴霾，雾压透心凉彻。

难得清姿脱颖，几枝雾里俏，疏影横月。一剪谁裁？曲杆修修，阵阵清幽风挟。三更静，梦中邀约。携子手，雪飞山岳，瑟瑟风，云走天低，万亩冷香披阅。

辛卯冬至于无名堂。

## 浣溪沙·无题

秋水春山疏影行，天边放眼白云轻。西风雁过断肠声。

水泛浮渣污击浪，野横荆棘败寻青。抒怀唯寄满天星。

壬辰春月于无名堂。

## 浪淘沙·神柏

巨柏立林芝，老干虬枝。葱茏郁郁展雄姿。阔冠摇风千载去，斑驳鳞施。

人树可相知？初遇何时？大洋风峡暖流弛。自古藏东生万物，独秀天资。

## 西江月·巴塞尔重九夜

重九异乡秋夜，西风薄雾霜林。半轮秋月出乌云，又吻云边昏晕。

摩诘思亲佳节，辋川寄语清吟。诗行天下有知音，总把柔情调韵。

壬辰九月九于巴塞尔。

## 浣溪沙·诣米兰大教堂有感

开启恢弘五百年，横空皇帝借光沾，兵锋所向尽凋颜。

权借教皇亲加冕，天生雄杰自王冠，神坛大典也臣参。

米兰大教堂1386年兴建，历时五百年建成，竣工时恰逢拿破仑称帝后身兼意大利国王，其便于1805年5月在米兰大教堂加冕。其时，拿破仑未待教皇加冕，便自行夺冠而戴也。余今临此胜地，深感教堂之壮观雄伟，拿破仑昔年加冕之盛况亦有直感。故赋此以记。

壬辰九月十三日于米兰。

## 西江月·道咏

长巷高墙圆柱，台阶圣殿廊桥。
横排竖立玉栏雕，焦聚神坛光照。
独运匠心金石，千锤众力镌雕。
冰凉尽是激情烧，石后幽通天道。

壬辰九月十五日于博洛尼亚。

## 西江月·斜塔咏

一柱云天高拔，同心日月圆融。
谁知地陷塔基空，反倒神来天纵。
塔上物抛灵验，人间风靡神功。
后来居上声名隆，学界纷争传颂。

壬辰九月十六日于比萨。

## 西江月·但丁咏

小屋床头圣母，案前空椅青灯。
鹅翎笔下有精灵，天马无人之境。
一袭长袍飘拂，千行黑墨幽冥。
无边长夜启明星，神曲天来钟磬。

壬辰九月十六日余诣佛罗伦萨但丁故居，其时天已入暮，几近闭馆。余一行声言自中土来诣，方允一窥。虽匆匆一瞥，然但丁之陋室仍深植于心。是晚宿佛罗伦萨，久不克寐，赋此以抒怀也。

## 西江月·诣洗礼堂吃闭门羹有感

天国之门刚闭，无情冷面门夫。不通言语说天书，呆立浑然门柱。

洗礼堂里依旧，诗人圣水如初。去来天国自心途，何苦奢求他渡。

壬辰初冬于无名堂。

## 浣溪沙·题达·芬奇石像

颔首低眉暮色淹，长袍一袭独无言，忧伤隐隐眼梢衔。

白雾飘来虚渺渺，清风拂去意翩翩。脱缰天马出云端。

壬辰九月十六日于佛罗伦萨。

## 西江月·罗马

台伯河桥天使，凯旋门拱君临。
沧桑阅尽废墟存，斗兽腥风阴瘆。
栉比汤池香远，回环巨柱残痕。
教廷城堡渐黄昏，带雨西风寒渗。

壬辰九月十七日于罗马。

## 浣溪沙·瞻大英博物馆有感

孔武威风气象吞，丰功伟业干青云。花岗白玉焕精神。

滚滚长河谁不败，煌煌大幕只留文。残碑断石俱勾魂。

癸巳三月十八于伦敦。

# 元曲

## 天净沙·海憩

白云蓝海晴沙，凉风柳下清茶。

围坐欢声，散作层层浪马，长鬓风斜。

己丑年孟秋于福州平潭海湾坛南。

## 春光好·贺岁

熬岁尽，柳条稍，腊梅苞。春信偏劳白雪捎，漫天飘。

势也，寒山蠢蠢，孕乎，春水滔滔。能化无边冰雪刀，是娇娇。

辛卯正月于无名堂。

## 四块玉·辛卯迎新

日月梭，年又过，虎隐山林兔安窝。河边摆柳芽绽破。焰火明，鞭炮落，年闹多。

辛卯正月于无名堂。

## 叨叨令·梅祭

黑幢幢的寒窗对月柔枝荡，白茫茫的空山踏雪幽香浪，水灵灵的丹青泼墨清姿盎，意沉沉的辞章赋就芳心畅。愁结了断肠也么哥，愁结了断肠也么哥，冷飕飕的西风落照霜天降。

## 叨叨令·菊颂

黄英遍野深山坳，金辉一地长亭道，西风落日残霞罩，清姿冷月疏篱照。霜叶瑟瑟摇不停也么哥，霜叶瑟瑟摇不停也么哥，横枝凛凛寒光啸。

辛卯正月于无名堂。

## 山坡羊·石宝乐

长江无盖，河滩无塞，寻来一路奇何在。脚儿筛，眼儿歪，心中只念无精怪，唯盼石头能生出些异崽，纤，瘦柳摆，畸，胖肚奶。

庚寅岁末调寄小曲一阙供胖兄寻石宝一哂也。

## [双调]雁儿落带过得胜令·思悠悠

[雁儿落]南归斑雁排，北望灰鸭晒。东流江峡开，西月桂枝栽。

[得胜令]四野眼光筛，八极意中来。莫道云天外，休言瀚海埋。胸怀，黄水九天湃，书斋，幽州独怆台。

## [双调]落梅风·梅咏

阳台畔，梅渐凋。
旧黄绸皱揉搓漂。
依恋枝上风霜咬，
荡残香去谁吟啸。

辛卯正月初五于无名堂。

## 山坡羊·热海

氤氲何雾，汤泉何怒，天锅沸沸山阿处。玉姿舒，结胎珠，蛤蟆一射雄狮伏，高人韵士珠玑吐。身，刹那掳，心，刹那掳。

辛卯三月于腾冲。

## 天净沙·白果悲

厚皮心歹根红，横生万扇兴风。
带甲鳞鳞悚悚，九天霜重，赢来几嗓秋虫。

壬辰暮春于北碚至机场途中。

## 山坡羊·某三哭

### 奴哭

渝州威震，锦城身遁，油条杀手怎地卿卿殉。不施恩，却勾魂。鞍前马后全他妈是粪。刹那脸翻可怜见投毒鸩。蜜，哄你吮，刀，赐你刎。

### 酋哭

回光残照，高腔嘶叫，空只叹时光一去难回倒。鼓腮泡，破鱼鳔。梦里厢红歌唱罢鱼收钓，谁料想狼窝里黑驴蹄儿尥。兴，左凋跑，亡，闹剧了。

### 鬼哭

幡扬荒墓，魂招亡父，先声乱蜀丹墀路。小鸡屠，众猴奴，纵使尽阴风鬼火僵尸曝，只赢得凄惶光屁股。爹，咋再赌？君，怎捡骨？

壬辰正月于无名堂。

## 点绛唇·雁邱吟

呜咽汾河，为谁日夜伤心泪。雪中荒垄，可有诗人跪？

放眼天边，埋首吞酸水。潇潇北，乱飞憔悴，雁去阴霾坠。

元好问于宋金乱世——太和五年，公元 1205 年——曾遇捕雁人，云：今日获一雁，杀之，另有脱网者，悲鸣长绕，不舍不去。久之，竟疾飞撞地而殉。遗山买之，葬于汾河畔，累石为识，号曰雁邱。祭以雁邱词：“问世间、情为何物，直教生死相许？天南地北双飞客，老翅几回寒暑。欢乐趣，离别苦，就中更有痴儿女。君应有语，渺万里层云，千山暮雪，只影向谁去？横汾路，寂寞当年箫鼓，荒烟依旧平楚。招魂楚些何嗟及，山鬼暗啼风雨。天也妒，未信与，莺儿燕子俱黄土。千秋万古。为留待骚人，狂歌痛饮，来访雁丘处”。余夜读有感而赋此词也。

壬辰孟夏于无名堂。

# 长律

## 结巴村

天光水镜吞，湖畔藏家村。
水鸟鸣空阔，雪山投影深。
经幡横路口，牦纛竖街心。
夹道柴堆垛，真言垒石磡。
牛闲空巷懒，人绕法轮勤。
小院红芍药，风摇有客临。

结巴村，巴松错侧，宁静，祥和，一派与世无争状，漫步村中，远离尘嚣，让人流连，赋此以记。壬辰仲夏于工布江达。

## 南疆秋色

千峰大野斟，美向昊天分。
三叶梅红火，黄槐树烁金。
云悠峰顶淡，蔗涌陌阡茵。
旧景方奔去，新胜又降临。
高低横竖演，远近斜歪陈。
莫道峰峦叠，无穷变幻新。

壬辰暮秋于大新。

## 沙漠百灵颂

天际黑云低，西风大漠凄。
形单轻跳跃，影只细寻觅。
振羽掸沙土，踏沙留爪泥。
高低丘起伏，隐现草疏稀。
浑身风逆羽，一袭麻沾衣。
欢叫冲霄起，尖声傍地迤。
百灵沙漠鸟，生意一声啼。

庚寅暮秋于无名堂。

## 题大足北山石刻摩诘经变相

走线吐蚕丝，分明顾恺之。
还魂吴道子，婀娜御风姿。
摩诘慷慨语，文殊机锋辞。
君疾何所在，惑解大悲施。
问答先哲智，论争僧众痴。
惜哉满壁濡，永憾拜谒迟。
沉疴根由问，千秋苦相思。

己丑春日于无名堂。

## 庚寅携老踏春

东风飒爽天，携老缙云山。
阔别流光逝，欣逢候鸟还。
请安牵挂释，叙旧苦甘参。
玉竹殷殷颂，茸苔曲曲圈。
甯芽柔嫩问，吐蕊粉星攀。
试嗓松涛绿，换装樟叶斑。
莺啼空谷脆，笑起黛湖喧。
白发山川褪，童声寿乐添。
山花春叠彩，相约待来年。

庚寅春分前一日，姑母张芸自豫返万路经渝州（重庆）。诗曼、诗苐、诗蒂约余尽晚辈之谊，遂携家慈与姑母，并镇国兄伉俪、月洁姊伉俪，踏春缙云山。承弟子小军伉俪携德风小儿，并弟子刘翔同行。春光明媚，稚子可爱，缙云踏春，其乐融融，赋此以记。

庚寅春分于无名堂。

## 吊交河故城

交河日夜奔，岁咬故城深。
夯土风霜骨，颓垣雨雪鳞。
城关荒府衙，佛塔废台墩。
危垒雄关峙，堆沙坎井沦。
埋婴坑累累，焚画炭熏熏。
战火烧无度，刀兵耀杂陈。
汉唐烽火燧，欧亚野狼群。
唯有交河浪，滔滔一水云。

庚寅暮秋于交河故城。

# 古体诗

# 七七事变七十三周年纪念史诗巨画《浩气长流》台北中山纪念馆首展有感二首

## 其一

煌煌巨画兮横空出世，
英烈浩然兮鬼神可泣，
国父告慰兮庙堂永志，
壮我华夏兮辉煌再启。

## 其二

浩气长流，碧血千秋；
国父堂前，笑泯恩仇；
炎黄苗裔，一脉血稠；
东风万里，和平共筹。

庚寅仲夏于台北。

## 赠语符君永刚兄

心志高远，荆棘丛生。
神鬼附体，长夜独行。
何处破晓，诗意丹青。

庚寅七月初二与符君谈丹青创新有感。

## 外祖祭

奔腾万里兮，白浪滔滔；
扬子入川兮，一路娇娆。
大江含珠兮，石宝寨俏；
青山捧玉兮，凉水井韬。
育我先祖兮，一方英豪；
急公行仁兮，八乡称道。
横眉冷对兮，贪吏宵小；
仗义任侠兮，敢破冤牢。
教子有方兮，留学海蹈；
列籍名校兮，柳叶之刀。
学成归国兮，沪上名高；
救死扶难兮，赤子心陶。
义结群雄兮，拯我同胞；
丹心翰墨兮，奔走呼号。
千金散尽兮，志在斩蛟；
破寒枪响兮，大侠亚樵。
慷慨荆轲兮，浦江潇潇；
涉案刺汪兮，雨雪呼啸。
饿虎扑食兮，租界鹰爪；
黑牢沉沉兮，数载枷镣。
长夜漫漫兮，翘首破晓；
家道败落兮，风雨飘摇。
弱妇幼子兮，借贷无告；

抗战烽火兮，神州遍烧。
妻儿流浪兮，千里难逃；
汪逆附贼兮，沉雪始昭。
沉疴缠身兮，归乡迢迢；
病卧月余兮，亲人环绕。
泪眼对视兮，鬼门幡招。
长眠乡梓兮，青山怀抱；
两代奇士兮，四乡之骄。
巨著煌煌兮，学可立标；
立身凛凛兮，行有节操。
养气浩浩兮，地广天高；
宅心仁厚兮，柔化九韶。
先祖虽逝兮，长空昊昊；
大江滚滚兮，百尺浪涛。

庚寅岁末，竟觅得先外祖遗著新撰产科学全书，书中有序，乃外祖手书。奉读之余，感慨万端，赋此以记也。

## 金尊赋

超象外兮大气氤氲，
饮太和兮玉质清纯。
鸣号钟兮高山流水，
韵绕梁兮惊泣鬼神。
挥手绿绮兮情奔文君，
火救焦尾兮枯木还魂。
千古悲风兮广陵一曲，
竹林瑟瑟兮溧水之滨。
琴台犹存兮春江秋水，
涟漪推波兮唤我故人。
斫乎老桐兮高台以抚，
清音不绝兮大德金尊。

"金尊"，吾之元琴之名也。

辛卯仲夏于无名堂。

## 神桧颂

阿里山深，老桧木神。
傲然高立，苍郁天森。
勃勃生发，错节盘根。
寒来暑往，日升月沉。
聚散雾气，呼啸风云。
斑驳载体，异香摄魂。
幽幽入骨，交织年轮。
飒飒风来，一派清吟。

辛卯仲夏于无名堂。

## 香韵

夜幕低垂，一炷香焚。
竹窗月临，净几横琴。
书斋卧榻，曲肱函枕。
青瓷小炉，龙泉玉润。
木炭猩红，云母老沉。
袅袅扶摇，幽幽吐熏。
徐徐高渺，朗朗月问。
悠悠虚涵，玉竹清吟。
舒舒风撩，绕梁余韵。
息潜入嗅，缓缓梦吞。
淡泊自来，逍遥天运。
情集百会，精涌命门。
荡气回肠，爽身游心。
盈虚委实，有形无痕。
聚散凌烟，来去化神。
室盈空灵，动魄销魂。
凝目汇精，飘悠宁馨。
浩渺千岁，唯此香君。

辛卯小暑于无名堂。

## 夜读袁诗有感

泱泱桂林风，随园二迎送。
飒爽出洞凉，舒畅老袁公。
扫荡尘嚣远，清心野旷融。
闹从市上来，幽生天老洞。
奇石任君抚，幻境拓君胸。
流光悠岩壁，滴水叩石钟。
委曲行天意，横竖变势通。
只为伸展如，岂因权贵宠。
退让宽自然，蹲踞度从容。
身入洞随仙，神出悟禅宗。
登顶云鹤去，抒怀天目纵。
群山奔涌至，双江摆尾龙。
山游朵朵云，舟倾座座峰。
藤牵绕柱蛇，竹摇展翼凤。
把酒月下吟，晃脑一钓翁。

袁枚一生好诗，且有执乾嘉时诗坛牛耳之盛名。曾于乾隆三年、四十七年两度莅桂，游历名山丽川，赋诗若干。其中《游风洞登仙鹤明月诸峰诗》乃二游桂林所作。余夜读桂林石刻，见其诗，诗曰：“泱泱天大风，谁知生此洞。古剑劈山开，千年不合缝。我身佝偻入，风迎又风送。折腰非为米，缩脰岂为冻。偶作謦欬声，一时答者众。匍匐非叩钟，弇郁如裂瓮。石乳挂璎珞，阴冰凝蝃蝀。游毕再登高，出洞如出梦。一筇偃又竖，两目阑复纵。远山亦献媚，横陈怪石供。仙鹤不可招，明月犹堪弄。底事急谋归，云湿衣裳重。”读之击节，爱其谐而透灵，故步其韵和之，并遥赠随园也。

壬辰四月初九于无名堂。

# 跋

自丁亥年夏，《无名堂吟稿》面世，迄今已届七年。其间，另有《无名堂吟稿二》付梓。时下，《无名堂吟稿三》亦将交印。诗词虽非仅此七年所作，但绝大部分乃近些年所作。其所以如此，乃近些年跑路与感悟都多。

《毛诗序》言："诗者，志之所之也。在心为志，发言为诗，情动于中而形于言"，是之谓也。而"志"者，下为"心"，上为"止"；"止"者，"足"也。故有"志之所之也。在心为志"之谓。而"志"由从言，写作"誌"，便有"发言为诗"之意。如此，"诗言志"有三义，且彼此相关。一曰"行"，二曰"情"，三曰"诗"。"行"者，其字根写为"土"，其本义则为"止"，即"足"也，即"万里路"也；"情"者，其字根"心"，乃情之所生之本也；"行"有万里路，"情"则由万里路而感生万般情。诚如，不临大海，何以广胸襟？

不登泰山，焉得小众山是也。而万般情若仅存乎于心，便仅限于“在心为志”了。倘和于物之律动，步于音韵，而发乎于心声，则可为诗也。正所谓“发言为诗”也。“言”者，心声也，“音”者，“心口一也”。故而，所发之言当和于“音”，即为诗也。声者，本存乎万物，或振于雷霆，或孕育幽冥，无论春风之摆柳，抑或秋虫之吟月，皆有其时节，合于天运。当入其心，便自然有其起承转合，抑扬顿挫，故所化之音，非人为做作之机巧，更非文人雅士之卖弄，人声，语言之音韵，本自然节律之人化，形为语化，实则情化也。故能返触乎人心，动乎性情，继而，体会、感悟物之律动，与物交心，所谓“外师造化，内得心源”也。此亦即是“情动于中”之谓。所谓“情动于中”，先是赋诗之人，其情所以动，乃感于物，得于时，应于律，发于幽也；其所以“而形于言”，乃涵于义，步于韵，清于声，工于言也。至此，方有诗焉。此几者乃有机之整体。所谓有机者，有生生不息之生机也。故不可肢解，分析。否者，生机俱失，不过僵尸耳，有格律，工整，形式，言辞之诗之外形，焉有诗存？

有言道，“食色，性也”，又道：“率性之谓教”。人性之涵育，升华。焉能离物性。物有万类，其所生发化育之天地多姿多彩，其所亿万年演进因应之基因各色各异，故而，其所秉之性便变化无尽。博采物性之声彩生发，无限多样，而化育人之灵性，食者，生命之源泉，之首要，亦为最基本，最广大之途。由此所识、所用、所化、所悟之物性，当为最主要之流。所以，夫子言：“食不厌精。”不识物所以为其物，而非他物，焉得“食”而且“精”？二月春风食椿芽，九夏秋高食雪梨，天时也；桃花流水食鳜鱼，夜雨青山食苦笋，地利也。继而，识物而识物之所以为物，必识其所生发化育之天时地利也。进而，得识其所采、所取、所烹、所佐之精细妙蒂，否则，仍不可言“食不厌精”。比如，东坡之咏“正是河豚欲上时”，不谙其道，岂敢食此美味？弄不好，会要卿卿性命的。识物性，非仅为物也。倘言“率性”，岂能无端空言？人性之“率”，乃相对物性之囿而言。所谓物之性，正因其“囿”，而成其为物，而非他物。其囿，其特质所由也。其所以囿，囿于其形、其色、其状、其动、其质、其境、其因、其果、其缘，惟其如此，方有其丰富、复杂、多样、生动之万千变化之象。人性之大率，其妙皆在善化物性万千大象之囿，而为广延无际之率也。由物性之触媒，感悟，又非直陈，平面，苍白之物性再现。以物性之囿为引，神驰万里，思接千载，近物又远物，有物又无物，入物又出物，似物又非物。人之性，非物之性。无有形之可度量，有色之可描状，有质之可权衡，有动之可捕捉，有声之可伫聆，有息之可风闻。唯有情性，通灵犀，参妙悟，透睿智，润清新，畅通透，蕴禅机，发参省。可融于境，可潜入梦，可化为云，可爽来风。以物之质，锤炼为诗之韵；令物之囿，展拓为诗之兴；将物之形，幻升为诗之神；赋物之瞬，隽永为诗之灵。月之幽光，日之瑰丽，云之缥缈，电之闪击，交汇于悲欢离合，熔铸于壮怀豪兴，萌动于学养淡泊，炽烈于相思苦恋，于是有诗生焉。诗之中，物之最美定格，由一地一隅而放之为四海天下，自一时一度而恒之同日月春秋。物之质唯化诗之美，方能为天下人所颂，所吟，所忆，所传。而入天下人之魂也。

《无名堂吟稿三》自东南平潭游始。是时，与小琴，迪儿顺海岸，步长滩，沐夕辉，目放白浪排涌，足淹潮舔宽柔。故有《海问》、《海云》、《海钓》、《海晤》、《海井》等诗。及登岸返福州，诣林公祠，冰心故居，林觉民、林徽因老宅，又有诗文铭之。转至马尾港，揽船政学堂旧址，睹物问史，留有“老表锈针时刻冻，断锚残桨浪花霜。图强不信空呼号，救国尤须硬脊梁”之诗句。

越关山，踏古道，寻岁月遗存，不仅稽古，更能识今；不仅可领略山川胜景，更能体悟兴衰巨细。勘豆沙关前马蹄窝深深，可悟千古秦五尺道之凿空穿云；登黎明关数弹孔痕累累，方叹抗战烽火烈陪都告急。盐津豆沙关吾书豆沙关“青石马蹄坑，飞流断壁争。千峰关一锁，放眼看山鹰”；荔波黎明关余吟野梅赞“老梅关口立，斑驳阅沧桑。曲幹横空逸，虬枝卧野茫。马蹄幽谷远，烽火断垣荒。未睹红霞闹，留君雪里觞”。

己丑秋吾先访福州林家故居，后则诣宜宾李庄营造学社旧址。前者，一代才女林徽因之浪漫童年之所在，后者，抗战伉俪梁思成、林徽因之艰难岁月之庇护。吾感触良多。写有《谒李庄营造法社梁思成、林徽因旧居有感二首·其一》：“江村长夜冷，小院映灯昏。伏案弓君背，卧床蜷妇身。欲言相视笑，忍咳独掩吞。月影西窗白，风声苦竹吟。”

一年几度，总要携众学子出行。到大足，诣北山宝鼎，以利诸生知佛教传承，且渐次中土化，乃人类学学习之要义。何况，自唐而宋之石窟造像，大足堪称至宝，纵观千百度，亦每看每赞，焉有止乎？而往荔波，除水石林、大七孔等自然胜景外，难得有诣影山草堂，一瞻沙滩三杰之莫友芝故居之幸。而深河、黎明关，今人多不详。然抗战最紧要之际，此两处却是血肉长城之最后关隘。倘失，则陪都不保也。黎明关黔桂古道之要隘也。鏖战后虽失，但终复夺。老关立山垭，石砌隘墙，断残颓废，荒芜一派。苔藓掩映下犹可辩当年弹痕。关前几树老梅依然苍劲。乃天生佳句也。联想山下深河，其河也浅。乃日军兵锋折戟处。至今细品深河，黎明关之地名，实有深意焉。深河，深不可测，乃吾华夏之深厚伟力也，其倭寇可胜？深河，深不可逾，必致来犯者狼顾豖窜。深河之意深也；黎明关鏖战，数度易手，深谷高岭血染。然强敌终败，我军大胜，黎明之关迎黎明也。黎明关之意在兹。而到荔波瑶山更有一得，见当地瑶女织丝衣裙。且其裙边之黄裾乃自养之“板板丝”所制。细问，乃其族群认同之标志也。其族裔之源系之于蚕丝。此事有由。于是，第二年派师生专事考察。其后，撰文。其文又得牛津大学人类学学院邀，于2013年至该院讲学交流，使山野之物，而登学府之高堂也。自然，两处均有诗焉。

桂林山水吾几乎年年悠游。然宋之元祐党籍碑则为初识。米黄苏蔡乃宋之书法大家，前三者皆贤者，书好，文好。人亦好。唯蔡京虽书列四大家，但其人大奸。来桂海碑林见其所书元祐党籍碑，焉得无语，故有诗吟《观蔡京题元祐党籍碑有感二首·其一》：“元祐党人何罪有？蔡京题壁网罗搜。劝君休醉书家美，墨浸狼毫冷箭嗖。”且蔡京碑侧又有不少后来者所题刻之诗文。见之尤感。吾国能以礼乐诗文立于当今之世，实赖斯文有种，且数千年一以贯之也。故写《其二》：“蔡京碑侧石镌稠，评说忠奸恨未休。翰墨丹青君不见，行间字里贯春秋。”壬辰春又到桂林，专访雁山园。是园名家荟萃，朱由榔、岑春煊、唐景崧、陈寅恪、郭沫若、胡适、马君武等，不一而足。另有奇洞、珍木、古树、清溪、楼台、亭榭及相关诸多传说、故事。可谓处处有诗也。

己丑暮秋初冬吾与劳凯声君教授等应日本佛国大学山崎高增教授有京都、大阪一行。人常道游日本有两季最佳。一为早春，看樱花烂漫；一为金秋，赏红枫火烈。故吾一行正好看岚山及京都诸古刹之霜叶胜花。日人礼多，吾之应酬亦多。所幸所观之景、所品之食、所揽之物，皆极精致美妙，堪称皆能触动诗心。故虽大多口占即兴之为，似已不辱入集。尤其日本原学汉文，吾国之早无踪影之俗，居然在彼国随处可见。如在京都天龙古寺中，居然见寺中饮茶仍用黑釉碗，此乃吾国北宋斗茶之遗风也。黑釉碗上品即鹧鸪碗。此风明清已不传。仅见宋人诗文。时下游人早已不知晓。在此一见，真应“礼失求诸野”之言也。故有《鹧鸪碗》一诗：“天龙古寺中，北宋斗茶风。建盏鹧鸪碗，清茶映叶红。”诗虽小，文脉之源得证。不可不诗。

己丑辞岁与庚寅踏青，均与老人聚，当有诗焉。己丑腊月二十六与秦公效侃先生，向院士仲怀先生，并恩伦、陶红等诸生，聚于秦公府上。得向先生特携来之新茶一品也。聚会时，方腊月二十六，而新茶竟是腊月二十三，送灶神之日新采，新制之茶！如此佳茗能不共享乎？遂有《忆江南》、《新茶韵》也："春叩早，腊月试新茶。玉润融销空谷雪，风清浪皱一江花，勃勃岂春芽"；庚寅二月，适逢春光明媚，东风送暖。老姑母自万州来访老母。二老俱八秩高龄，多年不聚。难得如此阳春，便相携成行。自渝北驱车来缙云山踏青。镇国兄伉俪、月洁姊伉俪及家中众姊妹兄弟同行，弟子小军、刘翔也相随照应。妙在小军又让其妻带上德风小儿。其时德风恰半岁，尤稚嫩可爱。湖光山色融于绿地，开怀朗笑回荡山谷，其乐悠扬于青山白云间，赋《庚寅携老踏春》以记："东风飒爽天，携老缙云山。阔别流光逝，欣逢候鸟还。请安牵挂释，叙旧苦甘参。玉竹殷殷颂，茸苔曲曲圈。窜芽柔嫩问，吐蕊粉星攀。试嗓松涛绿，换装樟叶斑。莺啼空谷脆，笑起黛湖喧。白发山川褪，童声寿乐添。山花春叠彩，相约待来年。"

李白当年赠汪伦之诗，脍炙人口。桃花潭水由是闻世。庚寅孟夏到南京师大开会，承吴康宁、胡建华君安排，教育学一级学科会议诸君有缘游青弋江桃花潭也。清江、扁舟、老镇、古木、酒肆、玉垒，等等，居然几为原样。值此炒作旅游，打造景观之际，桃花潭水一带竟难得清幽质朴，古风犹存，实让人感怀。且同行诸君多为老友故交，虽有诗什吟焉。

庚寅仲夏，五月十五，余、小琴、迪儿、宝宏、唐董、马总及尼泊尔向导山多士等一行七人，有尼泊尔一行。感触良多，诗词亦多。喜马拉雅山南麓，不仅气候景物，迥然异于北麓，习俗风物也大异。就在加德满都机场附近，就见湍急的巴格玛蒂河。两岸各色塔寺林立，沿河印度教之火葬台栉比。寺塔屋顶群猴跳跃，嬉闹争食，全不惧人；火葬台上架木焚香，火化逝者，庄严静穆。加德满都老城木楼雕梁，祭坛烟熅，殿下台前，农夫叫卖，黄牛闲踱，一派融融，无丝毫旅游造作。最难得者，吾一行在石雕，木雕均极精美之老庙中，竟有缘一睹印度教与佛教共奉之库玛丽处女神。处女神必须遴选自释迦牟尼家族。自幼年入神殿，全不接触外界，为特定时日露面阳台，供人膜拜。吾等一行恰逢其时。虽未获准照相，但吾之诗却吟成入集。《观库玛丽处女神有感二首·其一》："飘然处女神，冉冉月悄临。暗影浮皎洁，光鲜透玉纯。圆睁惊诧眼，微启点朱唇。咫尺天涯远，依依又隐身。"《其二》："稚气童贞女临窗一展容。好奇流热切，华丽裹香浓。宫外光阴转，窗中景物同。玉笼金翅鸟，顾盼眼梢风。"

尼泊尔一行更当诗以铭之者，另有两行：一为拜诣释迦牟尼故国及蓝毗尼诞生地，二为至它奇旺，入莽林，骑大象，历奇境，目睹野犀牛、野鹿、野猴，等等，实在是精绝纷呈，妙趣环生。不仅原始森林，而且上述两圣地均保持原貌，毫无添加、修饰、改造、做作。率真淳朴，与国内旅游乱象比较，实在感触太多。故有诗焉。

庚寅夏秋，又有台湾、马来西亚之行。此两地以前均去过。然再去，则更有一番滋味。以前到台湾未与小琴、迪儿同行。与妻女游台湾，环岛贯南北，所见所闻，比较同文同种，实在思绪万千，只好聊借诗文，且浇块垒。马来西亚乃海外华人教育之最大、最盛者。吾与小琴一面讲学，一面交友，同时兼顾览胜。故有诗词留焉。

庚寅暮秋，余新获一对黑釉唐三彩立马，其高竟逾一米。不仅难得，甚至难见。当有诗吟。《题唐三彩黑釉立马》:“踏雪轻蹄立晚秋，雕鞍只待跨雄纠。追风未必高昂首，喷鼻低眉万里筹。”《乌骓颂》:“黑缎流辉紧裹身，宽胸阔展气匀深。长鬃瀑下飞帘挂，尖耳风生出笋分。扭颈粗筋蚯蚓伏，丰肌冒股跳蛙伸。眼梢飘忽关山路，踏雪乌骓疾电奔。”良马自古出西域，实在有缘，中秋后即有西域一行。西域辽阔，亲临，体会方可入微、入味、入骨。有天山之雪峰云际，有戈壁之大荒天接，有大峡谷之奇崛峻峭，有喀什城之风情炽热。更兼交河故城之苍茫，坎儿深井之高深，龟兹乐舞之多彩，轮台古道之悠远。西域风土人情不仅生长歌舞，更能催发诗词。

辛卯三月吾至保山、腾冲、大理。云南吾常去，然除野菌之类三珍诱人外，云南山水人文也总耐看、耐品、耐赏。集中所收至三地之诗，则为新作。尤其到悬空寺、石宝山等地之诗，有幽谷之清幽。如《雨游悬空寺》:“细雨入空山，清幽润我衫。子规啼驻足，飞瀑半云天。”实乃实情实景也。

辛卯金秋到额济纳赏胡杨，其斑斓秋色至今眼前金黄一片。所写之诗，也就能描状其一二。能让人常忆起大漠胡杨之壮美。额济纳之行难得一见居延海及其要塞。归途中又登嘉峪关，望远之际，古道驼铃，左公杨柳，烽燧城垛，金戈铁马，随西风而来，耳畔，眼前，心中，又化诗也。

孟冬之际又有武当山之行。武当道教之名山也。数代为皇家道场。其山势，其气派，其建筑，其风水，均大出吾意料。虽有炒作，却未伤及根本。大结构，大布局，大气象，均为历代所传承。让人流连，顾盼，萦怀，刻骨。吾不仅有诗，亦有散文，更有再诣此山之欲也。

壬辰仲夏遂愿而至林芝、拉萨、纳木错。神山圣水美不胜收。高山雪峰多见，唯西藏之神山圣水不仅山水绝美，大美，壮美，而且让人敬畏，叹服，礼拜。南迦巴瓦、加拉白垒、念青唐古拉、纳木错、巴松错、雅鲁藏布、尼洋河，千年桃树逾万株，史前古柏傲立苍穹，地球上有此让人五体投地之大美，地球才脱平庸，人世方不寡味。临此境，眼界能不广乎，胸臆能不阔兮，豪气能不溢焉？与之相匹配，亦当有浩然之诗也。

呼伦贝尔草原是另一种大美。虽无神山圣水、老木古刹，但有一望无际之大草原，上有白云蓝天，下有肥羊骏马。呼伦贝尔孕育了先后入主中土之蒙古族、满族，以及鄂温克、鄂伦春、达斡尔等诸多民族。秀颀、欣美、斑驳的白桦林；蜿蜒、湍急、清澈的额尔古纳，二战遗存的海拉尔要塞，东西杂糅的满洲里边城，均让人新奇而有诗兴。

壬辰暮秋应邀到钦州，崇左讲学。事毕，观花江崖画，踏龙州小连城，访边寨美女村，登镇南关（今改为友谊关），一路数天，所见所闻，既有边境山水之胜，亦有山寨壮家，越民风物之奇。皆为诗之生境也。

初冬偕小琴与弟子李鼎伉俪有瑞士、法国、意大利一行。瑞士苏黎世、伯尔尼以前去过，巴塞尔、日内瓦、阿尔卑斯山少女峰则是新访。而意大利则是全新。自米兰、威尼斯、佛罗伦萨、比萨、博洛尼亚，再到罗马。古罗马帝国文明，中世纪之基督教，文艺复兴之崛起，以及相关之近代大学之母博洛尼亚大学创建，俱让人身体疲惫，则精神亢奋。可谓目不暇接，美不胜收也。自罗马机场起飞，回眸舷窗下之罗马城，又有诗成。回来整理，方知此行竟有六十四首之多。其中还有《月出波伦亚》长诗一首。另有文三篇。诣此古文明，比较吾国文明，感触尤多，尤深，尤细，尤悠也。

集中另有些许缅怀前贤先哲之诗。陈寅恪、吴宓、启元白、王世襄、徐邦达、邓梦仙等。诸公早已辞世。然其学，其文，其风骨，其德操，均让人难忘。故读其诗文，诣其旧地，或逢其生辰忌日，总有感触。尽管大多未谋面，为抒胸臆，聊借诗文也。每念及陈寅恪先生之“独立之精神，自由之思想”时，心中总难平静。比之时下之“工具论”、“旋律论”者流，能不诗以言志乎？邓梦仙公，吾外祖父也。先外祖父早年留学东瀛，入千叶医科大学，其时便入同盟会。民初学成归国，到沪上行医。于霞飞路望亭里办华光医院。同时进行无政府工团活动。此间，有两件大事：其一为 1926 年至 1927 年间，川人同乡李芾甘，时未以巴金闻世，身患肺结核来院就医。当时离家，穷困潦倒，在外祖父华光医院既治病，又栖身。加之同为无政府主义者，可谓志同道合者也。1983 年我在华东师范大学读书时，专至武康路拜望巴老，与老人面晤有证。所幸庚寅岁末又获外祖父遗著《新撰产科学全书》，书中有序，乃外祖手书，奉读之余，感慨万端，故赋诗焉。所幸近年还专程探访外祖父于忠州石宝寨凉水井故居，拜祭了至今尚存之外高祖父邓，及外祖父的墓茔。集中亦收是行诗文。其二，外祖父 1935 年 2 月因“刺杀汪精卫嫌疑罪”被法国巡捕房抓去，后引渡到南京。再后转至息烽集中营。外祖父曾为王亚樵同为无政府主义者。外祖父任组织部长，王为军事部长。汪精卫叛逃后不久获释。由息烽辗转至忠州老家。回家月余辞世。吾之诗聊可慰先外祖父在天之灵。

揽名胜有憾。总嫌匆匆。未看够，未看深，未看细。且总想留住难得，难再来，难回忆如境之生动多彩，难重温身临之全身心多方位之美恸。

《画山水序》有言：“圣贤暎于绝代，万趣融其神思。余复何为哉，畅神而已。神之所畅，熟有先焉。圣人含道暎物，贤者澄怀味像。至于山水，质有而灵趣，是以轩辕、尧、孔、广成、大隗、许由、孤竹之流，必有崆峒、具茨、藐姑、箕、首、大蒙之游焉。又称仁智之乐焉。夫圣人以神法道，而贤者通；山水以形媚道，而仁者乐。不亦几乎？”诚如笔者所道：“余眷恋庐、衡，契阔荆、巫，不知老之将至。愧不能凝气怡身，伤砧石门之流，于是画象布色，构兹云岭。”画家借之于画笔、水墨、色调，以形神抒其胸臆，而诗家则借之于言辞、音韵、灵性，以意境咏其心志。而无论诗画，皆同一理。恰如画家，“由于‘昆仑之大，瞳子之小，迫目以寸，则其形莫睹’，作画时，就需‘张素绡以远应’，那么‘昆阆之形，可围于方寸之内’”。真个是：“人生万事如是，何特此耶？”

而为诗焉，则山川泉石白浪青云之美，皆化为吾之灵性之宝也。且超然于物性之时空羁绊，一旦为诗，其物之美广焉，永焉，畅焉。

此集能顺利付梓，多承小琴搜寻、配置相片，弟子陈荟整理文字，处理杂务并与江华、立松等联络出版，特致谢忱。

诗亚谨识

癸巳秋八月初一吉旦